Relazione del primo viaggio intorno al mondo

Antonio Pigafetta

Texte et illustration de couverture : © domaine public
Edition : Culturea (Hérault, 34)
Contact : infos@culturea.fr
Retrouvez notre catalogue sur http://culturea.fr
Imprimé en Allemagne par Books on Demand
Design typographique : Derek Murphy
Layout : Reedsy (https://reedsy.com/)

Dépôt légal : janvier 2023

ISBN : 9791041841202

Relazione del primo viaggio intorno al mondo

Antonio Pigafetta

Relazione del primo viaggio intorno al mondo

Notizie del Mondo nuovo con le figure dei paesi scoperti

descritti da

ANTONIO PIGAFETTA

vicentino, cavaliere di Rodi

ANTONIO PIGAFETTA PATRIZIO VICENTINO E CAVALIER DE RODI A L'ILLUSTRISSIMO ED ECCELLENTISSIMO SIGNOR FILIPPO DE VILLERS LISLEADAM, INCLITO GRAN MAISTRO DI RODI, SIGNOR SUO OSSERVANDISSIMO.

Perchè sono molti curiosi, illustrissimo ed eccellentissimo signor, che non solamente se contentano de sapere e intendere le grandi ed ammirabili cose che Dio me ha concesso di vedere e patire ne la infrascritta mia longa e pericolosa navigazione, ma ancora vogliono sapere li mezzi e modi e vie che ho tenuto ad andarvi, non prestando quella integra fede a l'esito se prima non hanno bona certezza de l'inizio; pertanto saperà vostra illustrissima signoria, che, ritrovandomi nell'anno della natività del Nostro Salvatore 1519 in Spagna, in la corte del serenissimo re dei Romani con el reverendo monsignor Francesco Chieregato, allora protonotario apostolico e oratore de la santa memoria di papa Leone X, che per sua virtù dappoi è asceso a l'episcopato de Aprutino e principato de Teramo, avendo io avuto gran notizia per molti libri letti e per diverse persone, che praticavano con sua signoria, de le grandi e stupende cose del mare Oceano, deliberai, con bona grazia de la maestà cesarea e del prefato signor mio, far esperienzia di me e andare a vedere quelle cose, che potessero dare alcuna satisfazione a me medesimo e potessero partorirmi qualche nome appresso la posterità.

Avendo inteso che allora se era preparata una armata in la città di Siviglia, che era de cinque nave, per andare a scoprire la spezieria nelle isole di Maluco, de la quale era capitanio generale Fernando de Magaglianes, gentiluomo portoghese, ed era commendatore di Santo Jacobo de la Spada, [che] più volte con molte sue laudi aveva peregrato in diverse guise lo Mar Oceano, mi partii con molte lettere di favore da la città de Barsalonna dove allora resideva sua maestà, e sopra una nave passai sino Malega, onde, pigliando il cammino per terra, giunsi a Siviglia; ed ivi, essendo stato ben circa tre mesi, aspettando che la detta armata si ponesse in ordine per la partita, finalmente, come qui de sotto intenderà Vostra eccellentissima signoria, con felicissimi auspizî incomensiammo la nostra navigazione: e perchè ne l'esser mio in Italia, quando andava a la santità de papa Clemente, quella per sua grazia a Monteroso verso di me si dimostrò assai benigna e umana e dissemi che li sarebbe grato li copiassi tutte quelle cose [che] aveva viste e passate nella navigazione, benchè io ne abbia avuta poca comodità, niente di meno, secondo il mio debil potere, li ho voluto satisfare.

E così li offerisco in questo mio libretto tutte le vigilie, fatiche e peregrinazioni mie, pregandola, quando la vacherà dalle assidue cure rodiane, si degni trascorrerle; per il che mi parerà esser non poco rimunerato da vostra illustrissima signoria, a la cui bona grazia mi dono e raccomando.

Avendo deliberato il capitano generale di fare così longa navigazione per lo mare Oceano, dove sempre sono impetuosi venti e fortune grandi, e non volendo manifestare a niuno de li suoi el viaggio che voleva fare, acciò non fosse smarrito in pensare de fare tanto grande e stupenda cosa, come fece con l'aiuto di Dio, (li capitani sui che menava in sua compagnia, lo odiavano molto non so perchè, se non perchè era Portughese ed essi Spagnoli), volendo dar fine a questo che promise con giuramento a lo imperatore don Carlo re di Spagna, acciò le navi ne le fortune e ne la notte non se separaseno una da l'altra, ordinò questo ordine e lo dette a tutti li piloti e maestri de le sue navi: lo qual era:

Lui de notte sempre voleva andar innanzi de le altre navi ed elle seguitasseno la sua con una facella grande di legno, che la chiamano farol [il] quale portava sempre pendente da la poppa la sua nave. Questo segnale era a ciò [che] continuo lo seguitasseno. Se faceva uno altro fuoco con una lanterna o con un pezzo de corda de giunco, che la chiamano strengue, di sparto molto battuto ne l'acqua e poi seccato al sole ovvero al fumo, ottimo per simil cosa, gli rispondesseno, acciò sapesse per questo segnale che tutte venivano insieme. Se faceva dui fuochi senza lo farol, virasseno, o voltasseno in altra banda quando el vento non era buono e al proposito per andar al nostro cammino, o quando voleva far poco viaggio. Se faceva tre fuochi, tollesseno via la bonetta, che è una parte di vela che se attacca da basso de la vela maggiore, quando fa bon tempo, per andar più: la se tol via acciò sia più facile a raccogliere la vela maggiore, quando si ammaina in pressa in un tempo subito. Se faceva quattro fuochi, ammainassero tutte le vele, facendo poi lui uno segnale di fuoco come stava fermo. Se faceva più fuochi, ovvero tirava alcuna bombarda, fosse segnale de terra o de bassi. Poi faceva quattro fuochi, quando voleva far alzare le vele in alto, acciò loro navigassero seguendo sempre per quella facella de poppa. Quando voleva far mettere la bonetta, faceva tre fuochi: quando voleva voltare in altra parte [ne] faceva due. Volendo poi sapere se tutte le navi lo seguitavano e venivano insieme, [ne] faceva uno, perchè così ogni nave facesse e gli rispondesse.

Ogni notte se faceva tre guardie: la prima nel principio de la notte, la seconda, che la chiamano modoro nel mezzo, la terza nel fine [della notte]. Tutta la gente de la nave se (s)partiva in tre colonelli; il primo era del capitano, ovvero del contro maistro, mutandose ogni notte; lo secondo del pilota o nocchiero, il terzo del maestro.

Luni a 10 agosto, giorno de santo Laurenzio, ne l'anno già detto, essendo la armata fornita di tutte le cose necessarie per mare e d'ogni sorte de gente (era[va]mo duecento e trentasette uomini) ne la mattina si feceno presti per partirse dal molo di Siviglia, e tirando artigliaria detteno il trinchetto al vento; e vennero abbasso del fiume Betis, al presente detto Gadalcavir, passando per uno luogo detto Gioan Dalfarax, che era già grande abitazione de Mori, per mezzo lo quale stava un ponte che pasava el ditto fiume per andare a Siviglia, del che è restato fin al presente nel fondo dell'acqua due colonne, che quando passano le navi hanno bisogno de uomini che sappiano ben lo loco delle colonne, perciò non dessero in esse, ed è bisogno passarle quando el fiume sta piú crescente, ed anche per molti altri luoghi del fiume, che non ha tanto fondo che basti per passare le navi cargate e [è bisogno che] quelle non siano troppo grandi. Poi venirono ad un altro [luogo], che se chiama Coria, passando per molti altri villaggi a lungo del fiume, tanto che giunseno ad uno castello del duca di Medina Cidonia, il quale se chiama S. Lucar, che è posto per entrare nel mare Oceano, levante ponente con il capo di Sant Vincent, che sta in 37 gradi di latitudine e lungi dal detto posto 10 leghe. Da Siviglia fin a qui per lo fiume gli sono 17 o 20 leghe. Da lì alquanti giorni venne el capitano generale con li altri capitani per lo fiume abbasso ne li battelli de le navi et ivi stessimo molti giorni per fornir l'armata di alcune cose [che] le mancavano; e ogni dí andavamo in terra ad aldir messa ad un loco che se chiama Nostra Donna di Baremeda, circa San Lucar. E avanti la partita lo capitano general volse [che] tutti se confessasseno e non consentitte [che] ninguna donna venisse ne l'armada per meglior rispetto.

Marti a XX de settembre, nel medesimo anno, ne partissemo da questo loco, chiamato San Lucar, pigliando la via di garbin, e a 26 del detto mese arrivassemo a una isola de la Gran Canaria, che se dice Tenerife in 28 gradi di latitudine, per pigliar carne, acqua e legna. Stessemo ivi tre giorni e mezzo per fornire l'armata delle dette cose: poi andassemo a uno porto de la medesima isola, detto Monte Rosso, per pegola, tardando due giorni. Saperà Vostra illustrissima signoria che in quelle isole de la Gran Canaria c'è una in tra le altre, ne la quale non si trova pur una goccia de acqua che nasca, se non [che] nel mezodí [si vede] discendere una nebola dal cielo e circonda uno grande arbore che è nella detta isola, stillando dalle sue foglie e rami molta acqua; e al piede del detto arbore è addrizzata in guisa de fontana una fossa, ove casca l'acqua, de la quale li uomini abitanti e animali, cosí domestici come salvatici, ogni giorno de questa acqua e non de altra abbondantissimamente se saturano.

Luni a tre d'ottobre a mezzanotte se dette le vele al cammino de l'austro, ingolfandose nel mare Oceano, passando tra Capo Verde e le sue isole in 14 gradi e mezzo; e cosí molti giorni navigassimo per la costa della Ghinea, ovvero Etiopia, (ne la quale ha una montagna, detta Sierra Leone, in 8 gradi di latitudine) con venti contrari, calme e piogge senza venti fino a la linea equinoziale, piovendo sessanta giorni di continuo contra la opinione de li antichi. Innanzi che giungessimo a la linea, 14 gradi, molte gropade da venti impetuosi e correnti de acqua ne assaltarono contra el viaggio. Non possendo spuntare innanzi, a ciò che le navi non pericolasseno, se calavano tutte le vele: ed a questa sorte andavano de mare in traverso finchè passava la gropada, perché veniva molto furiosa. Quando pioveva non era vento; quando faceva sole era bonaccia. Venivano al bordo de la nave certi pesci grandi, che se chiamano tiburoni, che hanno denti terribili e se trovano uomini nel mare li mangiano. Pigliavamo molti con ami de ferro, benché non sono buoni da mangiare, se non li piccoli, e anche loro mal boni.

In queste fortune molte volte ne apparse il Corpo Santo, cioè Santo Elmo, in lume fra le altre in una oscurissima notte, di tal splendore, come è una facella ardente, in cima de la maggiore gabbia, e stiè circa due ore e piú con noi, consolandone che piangevamo. Quando questa benedetta luce si volse partire da noi, tanto grandissimo splendore dette ne li occhi nostri, che stettemo piú de mezzo quarto de ora tutti ciechi, chiamando misericordia, e veramente credendo esser morti. Il mare subito se aquietò.

Vidi molte sorte di uccelli, tra le quali una che non aveva culo; un'altra, quando la femina vuol far li ovi, li fa sopra la schiena del maschio, e ivi si creano; non hanno piedi e sempre vivono nel mare; un'altra sorte, che vivono del sterco de li altri uccelli e non di altro: sí come vidi molte volte questo uccello, qual chiamano cagassela, correr dietro ad altri uccelli, fin tanto [che] quelli sono costretti mandar fuora el sterco; subito lo piglia e lascia andare lo uccello. Ancora vidi molti pesci che volavano, e molti altri congregati insieme, che parevano una isola. Passato che avessimo la linea equinoziale, in verso el meridiano, perdessimo la tramontana, e cosí se navigò tra il mezzogiorno e il garbin fino in una terra, che si dice la terra del Verzin in 23 gradi 1/2 al polo antartico, che è terra del capo de Santo Agostino, che sta in 8 gradi al medesimo polo: dove pigliassemo gran rinfresco de galline, batate, pigne molto dolci, frutto in vero piú gentil che sia, carne de anta come vacca, canne dolci ed altre cose infinite, che lascio per non essere prolisso. Per un amo da pescare o uno cortello davano 5, o 6 galline: per uno pettine uno paro de occati; per uno specchio o una forbice, tanto pesce che avrebbe bastato a X uomini; per uno sonaglio o una stringa, uno cesto de batate; queste batate sono al mangiare come castagne e longhe come napi; e per uno re de danari, che è una carta da giocare, ne detteno 6 galline e pensavano ancora averne ingannati. Intrassemo in questo porto il giorno del Sancta Lucia e in quel dì avessimo il sole per zenit e patissimo più caldo quel giorno e li altri, quando avevamo il sole per zenit, che quando éramo sotto la linea equinoziale.

Questa terra del Verzin è abbondantissima e più grande che la Spagna, Franza e Italia tutte insieme: è del re de Portugallo. Li popoli di questa terra non sono Cristiani e non adorano cosa alcuna; vivono secondo lo uso della natura e vivono centovincinque anni e cento quaranta; vanno nudi cosí uomini, come femmine; abitano in certe case lunghe che le chiamano boii e dormono in rete de bambaso, chiamate amache, legate ne le medesime case da un capo e da l'altro a legni grossi: fanno foco in fra essi in terra. In ognuno di questi boii stanno cento uomini con le sue mogli e figlioli facendo gran rumore. Hanno barche d'uno solo albero, ma schize chiamate canoe, (s)cavate con menare di pietra. Questi popoli adoperano le pietre, come noi il ferro, per non aver(n)e. Stanno trenta e quaranta uomini in una di queste; vogano con pale come da forno e cosí negri, nudi e tosi assomigliano quando vogano a quelli della Stige palude.

Sono disposti uomini e femmine come noi; mangiano carne umana de li suoi nemici, non per buona, ma per una certa usanza. Di questa usanza, lo uno con l'altro, fu principio una vecchia, la quale aveva solamente uno figliuolo, che fu ammazzato da li suoi nemici, per il che, passati alcuni giorni, li suoi pigliarono uno de la compagnia che aveva morto [il] suo figliuolo e lo condussero dove stava questa vecchia. Ella, vedendo e ricordandose del suo figliuolo, come cagna arrabbiata, li corse addosso e lo mordette in una spalla. Costui de lì a poco fuggì ne li suoi e disse come lo volsero mangiare, mostrandoli el segnale de la spalla. Quando questi pigliarono poi di quelli, li mangiarono, e quelli de questi; sí che per questo è venuta tale usanza. Non se mangiano subito; ma ogni uno taglia uno pezzo e lo porta in casa, mettendolo al fumo; poi ogni 8 giorni taglia uno pezzetto, mangiandolo brustolato con le altre cose per memoria degli sui nemici. Questo me disse Ioanne Carvagio piloto, che veniva con noi, il quale era stato in questa terra quattro anni.

Questa gente si dipingono meravigliosamente tutto il corpo e il volto con fuoco in diverse maniere; anche le donne; sono tosi e senza barba, perchè se la pelano. Se vestono de vestiture de piume di pappagallo, con rode grandi al culo de le penne maggiori, cosa ridicola. Quasi tutti li uomini, eccetto le femmine e fanciulli, hanno tre busi nel labbro de sotto, ove portano pietre rotonde e longhe uno dito, e piú e meno di fuora pendente. Non sono del tutto negri, ma olivastri; portano descoperte le parte vergognose; el suo corpo è senza peli, e cosí omini qual donne sempre vanno nudi. Il suo re è chiamato cacich. Hanno infinitissimi pappagalli e ne dànno 8, o 10 per uno specchio; e gatti maimoni piccoli; fatti come leoni, ma gialli, cosa bellissima. Fanno pane rotondo bianco de midolla de arbore, non molto buono, che nasce fra l'arbore e la scorza ed è come ricotta: hanno porci che sopra la schiena tenono il loro ombelico, e uccelli grandi che hanno el becco come uno cucchiaro, senza lingua.

Ne davano per una accetta o coltello grande una o due delle loro figliole per schiave; ma [le] sue mogliere non dariano per cosa alcuna. Elle non farebbero vergogna a' suoi mariti per ogni gran cosa, come ne è stato riferito. Di giorno non consentono a li loro mariti, ma solamente di notte. Esse lavorano e portano tutto el mangiare da li monti in zerli, ovvero canestri sul capo o attaccati al capo; però essendo sempre seco [i] suoi mariti solamente con un arco de verzin o de palma negra e uno mazzo di frezze de canna: e questo fanno perchè sono gelosi. Le femmine portano [i] sui figlioli (at)taccati al collo in una rete da bambaso. Lascio altre cose per non esser più lungo.

Si disse due volte messa in terra per il che questi stavano con tanta contrizione in ginocchioni, alzando le mani giunte, che era grandissimo piacere vederli. Edificarono una casa per noi, pensando dovessimo star seco alcun tempo, e tagliarono molto verzin per darnelo a la nostra partita. Era stato forse due mesi [che] non aveva piovesto in questa terra; e quando giongessemo al porto, per caso piovette. Per questo dicevano noi venire dal cielo e avere menato nosco la pioggia. Questi popoli facilmente se converterebbono a la fede di Gesù Cristo. Imprima costoro pensavano [che] li battelli fossero figlioli de le navi e che elli li partorisseno quando se buttavano fora de nave in mare; e stando così al costado, come è usanza, credevano [che] le navi li nutrissero.

Una giovane bella venne un dì nella nave capitania, dove io stava, non per altro se non per trovare alcuno recapito. Stando così aspettando, buttò lo occhio sopra la camera del maestro, e vide uno chiodo longo piú de un dito, il che pigliando, con grande gentilezza e galanteria se lo ficcò a parte a parte de li labbri della sua natura; e subito bassa bassa se partitte, vedendo questo il capitano generale e io.

ALCUNI VOCABOLI DE QUESTI POPOLI DEL VERZIN

Al miglio — maiz.

Alla farina — hui.

All'amo — pinda.

Al coltello — tacse.

Al pettine — chigap.

Alla forbice — pirame.

Al sonaglio — itanmaraca.

Buono più che buono — tum maragatum.

Stessimo 13 giorni in questa terra. Seguendo poi il nostro cammino andassemo fino a 34 gradi e uno terzo al polo Antartico, dove trovassemo, in uno fiume de acqua dolce, uomini che se chiamano Canibali e mangiano la carne umana. Venne uno de la statura quasi come uno gigante nella nave capitania per assicurare li altri suoi. Aveva una voce simile a uno toro. Intanto che questo stette ne la nave, li altri portorono via le sue robe dal loco dove abitavano, dentro de la terra, per paura de noi. Vedendo questo, saltassimo in terra cento uomini per avere lingua e parlare seco, ovvero per forza pigliarne alcuno. Fuggitteno, e fuggendo facevano tanto gran passo che noi saltando non potevamo avanzare li sui passi. In questo fiume stanno sette isole. Ne la maggior de queste se trova pietre preziose, che si chiama Capo de Santa Maria.

Già se pensava che da qui se passasse al mare de Sur, cioè mezzodì, nè mai più oltre fu discoverto. Adesso non è capo, se non fiume e ha larga la bocca 17 leghe. Altre volte in questo fiume fu mangiato da questi Canibali, per troppo fidarse, uno capitano spagnolo, che se chiamava Iohan de Solís e sessanta uomini, che andavano a discoprire terra come noi.

Poi seguendo el medesimo cammino verso el polo Antartico, accosto da terra, venissemo a dare in due isole piene di occati e lupi marini. Veramente non se poría narrare il gran numero de questi occati. In una ora cargassimo le cinque navi. Questi occati sono negri e hanno tutte le penne ad uno modo, così nel corpo come nelle ali: non volano e vivono de pesce. Erano tanto grassi che non bisognava pelarli ma scorticarli. Hanno lo becco come uno corvo. Questi lupi marini sono de diversi colori e grossi come vitelli e il capo come loro, con le orecchie piccole e tonde e denti grandi. Non hanno gambe, se non piedi tacadi al corpo, simili a le nostre mani, con unghie piccole e fra li diti hanno quella pelle [che hanno] le oche. Sarebbero ferocissimi se potessero correre: nodano e vivono de pesce. Qui ebbeno le navi grandissima fortuna, per il che ne apparsero molte volte li tre Corpi Santi, cioè Sant'Elmo, Sancto Nicolò e Santa Chiara; e subito cessava la fortuna.

Partendo de qui arrivassemo fino a 49 gradi a l'Antartico. Essendo l'inverno le navi intrarono in uno bon porto per invernarse. Quivi stessemo dui mesi senza vedere persona alcuna. Un dì a l'improvviso vedessemo un uomo, de statura de gigante, che stava nudo ne la riva del porto, ballando, cantando e buttandose polvere sovra la testa. Il capitano generale mandò uno de li nostri a lui, acciò facesse li medesimi atti in segno di pace, e, fatti, lo condusse in una isoletta dinanzi il capitano generale. Quando fu nella sua e nostra presenzia, molto se meravigliò e faceva segni con un dito alzato, credendo venissemo dal cielo. Questo era tanto grande che li davamo alla cintura e ben disposto: aveva la faccia grande e dipinta intorno de rosso e intorno li occhi de giallo, con due cuori dipinti in mezzo delle galte. Li pochi capelli che aveva erano tinti de bianco: era vestito de pelle de animale coside sottilmente insieme; el quale animale ha el capo et orecchie grande come una mula, il collo e il corpo come uno camello, le gambe di cervo e la coda de cavallo; e nitrisce come lui: ce ne sono assaissimi in questa terra. Aveva alli piedi albarghe de la medesima pelle, che coprono li piedi a uso de scarpe, e nella mano uno arco curto e grosso, la corda alquanto piú grossa di quella del liúto, fatta de le budelle del medesimo animale, con uno mazzo de frecce de canne non molto longhe, impennate come le nostre. Per ferro, ponte de pietra de fuoco bianca e negra, a modo de frezze turchesche, facendole con un'altra pietra.

Lo capitano generale li fece dare da mangiare e bere, e, fra le altre cose che li mostrette, li mostrò uno specchio grande de azalle. Quando el vide sua figura, grandemente se spaventò, e saltò in dietro e buttò tre o quattro de li nostri uomini per terra. Da poi gli dette sonagli, uno specchio, uno pettine e certi paternostri e mandollo in terra con 4 uomini armati. Uno suo compagno, che mai volse venire a le navi, quando el vide venire costui con li nostri, corse dove stavano gli altri; se misseno in fila tutti nudi.

Arrivando li nostri ad essi, comensorono a ballare e cantare, levando un dito al cielo e mostrandoli polvere bianca de radice da erba, poste in pignatte di terra, che la mangiasseno, perchè non avevano altra cosa. Li nostri li fecero segno [che] dovesseno venire a le navi e che li aiuterebbono [a] portare le sue robe, per il che questi uomini subito pigliarono solamente li suoi archi; e le sue femmine, cargate come asine, portarono il tutto.

Queste [donne] non sono tanto grandi, ma molto più grosse. Quando le vedessimo, grandemente stessemo stupefatti. Hanno le tette longhe mezzo braccio; sono dipinte e vestite come [i] loro mariti, se non [che] dinnanzi a la natura hanno una pellesina che la copre. Menavano quattro de questi animali piccoli, legati con legami a modo de cavezza. Questa gente, quando voleno pigliare di questi animali, legano uno di questi piccoli a uno spino; poi véneno li grandi per giocare con li piccoli; ed essi, stando ascosi, li ammazzano con le frezze. Li nostri ne condussero a le navi disdotto tra maschi e femmine, e furono ripartite a le due parti del porto acciò pigliasseno de li detti animali.

Di lì a 6 giorni fu visto uno gigante, depinto e vestito de la medesima sorte, da alcuni che facevano legna. Aveva in mano un arco e frezze. Accostandosi a li nostri, prima se toccava el capo, el volto e el corpo, e il simile faceva a li nostri, e dappoi levava le mani al cielo. Quando el capitano generale lo seppe, lo mandò a torre con lo schifo e menollo in quella isola che era nel porto, dove avevano fatta una casa per li fabbri e per metterli alcune cose de le nave. Costui era piú grande e meglio disposto de li altri e tanto trattabile e grazioso. Saltando ballava e, quando ballava, ogni volta cacciava li piedi sotto terra un palmo. Stette molti giorni con noi, tanto che 'l battizzassemo, chiamandolo Giovanni. Costui chiaro pronunziava Gesú, Pater Noster, Ave Maria e Giovanni come noi, se non con voce grossissima. Poi el capitano generale li donò una camisa, una camisotta di panno, braghesse di panno, un bonet, un specchio, uno pettine, sonagli e altre cose e mandollo da li sui. Ghe li andò molto allegro e contento. Il giorno seguente costui portò uno di quelli animali grandi al capitano generale, per il che li dette molte cose acciò ne portasse de li altri: ma piú nol vedessimo. Pensassimo [che] li suoi lo avessero ammazzato per aver conversato con noi.

Passati 15 giorni, vedessemo quattro de questi giganti senza le sue armi, perchè le avevano ascose in certi spini: poi li due che pigliassemo ne le insegnarono. Ognuno era dipinto differenziatamente. Il capitano generale ritenne due, li più giovani e piú disposti, con grande astuzia, per condurli in Ispagna. Se altramente avesse fatto, facilmente avrebbeno morto alcun de noi. L'astuzia che usò in ritenerli fu questa: ghe dette molti cortelli, forbice, specchi, sonagli e cristallino. Avendo questi due le mani piene de le dette cose, il capitano generale fece portare due para de ferri, che se mettono a li piedi, mostrando de donarli, e elli, per esser ferro, gli piacevano molto, ma non sapevano come portarli e li rincresceva lassarli: non avevano dove mettere quella merce e bisogniavali tenersi con le mani la pelle che avevano intorno.

Li altri due volevano aiutarli, ma il capitano non volse. Vedendo che li rincresceva lasciare quelli ferri, li fece segno [che] li farebbe [mettere] a li piedi e quelli porterebbeno via. Essi risposero con la testa di sì. Subito ad uno medesimo tempo li fece mettere a tutti due, e quando l'inchia(va)vano con lo ferro che traversa, dubitavano; ma [as]securandoli il capitano, pur stetteno fermi; avvedendosene poi de l'inganno, sbuffavano come tori, chiamando fortemente Setebos, che li aiutasse. Agli altri due, appena potessemo legarli le mani, li mandassemo a terra con nove uomini, acciò guidassero li nostri dove stava la moglie de uno di quelli [che] avevamo presi, perchè fortemente con segni la lamentava acciò ella intendessemo. Andando, uno se desligò le mani e corse via, con tanta velocità che li nostri lo perseno di vista. Andò dove stava la sua brigata e non trovò uno de li suoi, che era rimasto con le femmine, perchè era andato alla casa. Subito lo andò a trovare e contògli tutto il fatto. L'altro tanto se sforzava per desligarse che li nostri lo ferirono un poco sopra la testa e sbuffando condusse li nostri dove stavano le loro donne. Giovan Carvagio piloto, capo de questi, non volse torre la donna quella sera, ma dormitte ivi, perché se faceva notte. Li altri due vennero e vedendo costui ferito, se dubitavano e non dissero niente allora, ma nell'alba parlorono a le donne. Subito fuggiteno via e correvano più li piccoli che li grandi, lassando tutte le loro robe. Dui se trasseno da parte, tirando a li nostri frezze; l'altro menava via quelli suoi animaletti per cacciare; e così combattendo, uno de quelli passò la coscia con una frezza a uno de li nostri, il quale subito morì. Quando visteno questo, subito corseno via. Li nostri avevano schioppetti e balestre, e mai non li poterono ferire. Quando questi combattevano, mai stavano fermi, ma saltando de qua e de là. Li nostri seppellirono lo morto e brusarono tutte le robe, che avevano lassate. Certamente questi giganti correno piú [dei] cavalli e sono gelosissimi de loro mogliere.

Quando questa gente se sente male al stomaco, in loco de purgarse, se mettono ne la gola dui palmi e piú d'una frezza e gomitano colore verde mischiato con sangue, perchè mangiano certi cardi. Quando li dole el capo, se dànno nel fronte una tagiatura nel traverso, e così ne le bracce, ne le gambe e in ciascuno loco del corpo, cavandose molto sangue. Uno di quelli [che] avevamo presi, che stava ne la nostra nave, diceva come quel sangue non voleva stare ivi e per quello li dava passione. Hanno li capelli tagliati con la chierega a modo de frati, ma piú longhi, con uno cordone de bambaso intorno al capo, nel quale ficcano le frezze quando vanno a la cazza. Legano el suo membro dentro del corpo per lo grandissimo freddo. Quando more uno de questi, ge appareno X o dodici demoni, ballando molto allegri intorno al morto, tutti depinti. Ne vedono uno sovra li altri assai più grandi, gridando e facendo più gran festa. Così come el demonio li appare depinto, de quella sorte se depingono. Chiamano el demonio maggior Setebos, a li altri Cheleulle. Ancora costui ne disse con segni avere visto li demoni con due corni in testa e peli longhi che coprivano li piedi, gettare foco per la bocca e per il culo. Il capitano generale nominò questi popoli Patagoni. Tutti se vestono de la pelle de quello animale già detto. Non hanno case, se non trabacche de la pelle del medesimo animale e con quelle vanno mo' di qua, mo' di là, come fanno li Cingani. Vivono di carne cruda e de una radice dolce, che la chiamano chapae. Ogni uno de li due, che pigliassemo, mangiava una sporta de biscotto e beveva in una fiata mezzo secchio de acqua. E mangiavano li sorci senza scorticarli.

Stessemo in questo porto, el quale chiamassemo porto de Santo Giuliano, circa di cinque mesi, dove accaddettero molte cose. Acciò che Vostra illustrissima signoria ne sappia alcune, fu che, subito entrati nel porto, li capitani de le altre quattro navi ordinarono uno tradimento per ammazzare il capitano generale: e questi erano el vehadore de l'armata, che se chiamava Gioan de Cartagena, el tesoriero Alovise de Mendoza, el contadore Antonio Cocha e Gaspar de Casada. E squartato el vehador da li uomini, fu ammazzato lo tesoriero a pognalade, essendo descoperto lo tradimento. De lì alquanti giorni Gaspar de Cazada per voler fare un altro tradimento, fu sbandito con un prete in questa terra Patagonia. El capitano generale non volle farlo ammazzare perchè lo imperatore don Carlo lo aveva fatto capitano.

Una nave, chiamata Sancto Iacopo, per andare a descovrire la costa si perse. Tutti gli uomini si salvarono per miracolo, non bagnandose. Appena due de questi venirono a le navi e ne dissero el tutto. Per il che el capitano generale ghe mandò alcuni uomini con sacchi de biscotto. Per due mesi ne fu forza portarli el vivere; perchè ogni giorno trovavano qualche cosa de la nave. El viaggio de andare era longo 24 leghe, che sono cento miglia; la via asprissima e piena de spini. Stavano 4 giorni in viaggio; la notte dormivano in macchioni; non trovavano acqua da bevere, se non ghiaccio, il quale ne era grandissima fatica. In questo porto era assaissime cappe longhe, che le chiamano missiglioni, avevano perle nel mezzo, ma piccole, che non le potevano mangiare. Anco se trovava incenso, struzzi, volpe, pàssae e conigli più piccoli assai de li nostri. Qui, in cima del piú alto monte, drizzassemo una croce in segno de questa terra che era del re di Spagna, e chiamassemo questo monte Monte de Cristo.

Partendone de qui, in 51 grado manco un terzo all'Antartico, trovassemo uno fiume de acqua dolce nel quale le navi quasi [se] persero per li venti terribili; ma Dio e li Corpi Santi le aiutarono. In questo fiume tardassemo circa due mesi per fornirne de acqua, legna e pesce, longo uno brazzo e piú, con squame. Era molto buono, ma poco: e innanzi [che] se partissemo de qui el capitano generale e tutti noi se confessassemo e comunicassemo come veri cristiani.

Poi andando a 52 gradi al medesimo polo, trovassemo nel giorno delle

Undecimila vergine uno stretto, el capo del quale chiamammo Capo de le undece mila Vergine, per grandissimo miracolo. Questo stretto è longo cento e dieci leghe, che sono 440 miglia, e largo più o manco de mezza lega, che va a riferire in un altro mare, chiamato mar Pacifico, circondato da montagne altissime caricate de neve. Non [g]li potevamo trovar fondo se non con lo proise in terra in 25 e 30 brazza. E se non era el capitano generale non trovavamo questo stretto, perchè tutti pensavamo e dicevamo come era serrato tutto intorno: ma il capitano generale, che sapeva de dover fare la sua navigazione per uno stretto molto ascoso, come vide ne la tesoreria del re di Portugal in una carta fatta per quello eccellentissimo uomo Martin di Boemia, mandò due navi, Santo Antonio e la Concezione, che così le chiamavano, a vedere che era nel capo della baia.

Noi, con le altre due nave, la capitania, [che] se chiamava Trinidade, l'altra la Victoria, stessemo ad aspettarle dentro ne la baia. La notte ne sopravvenne una grande fortuna, che durò fino a l'altro mezzogiorno, per il che ne fu forza levare l'ancore e lasciare andare de qua e de là per la baia. A le altre due navi li era traversia e non potevano cavalcare uno capo, che faceva la baia quasi in fine, per venire a noi, sì che le era forza a dare in secco. Pur accostandose al fine de la baia, pensando de essere persi, vitteno una bocca piccola, che non pareva bocca, ma uno cantone, e come abbandonati se cacciarono dentro, sì che per forza discoperseno el stretto; e vedendo che non era cantone, ma uno stretto de terra, andarono piú innanzi e trovarono una baia. Poi, andando più oltra, trovarono uno altro stretto e un'altra baia più grande che le due prime. Molto allegri, subito voltorno indietro per dirlo al capitano generale.

Noi pensavamo fossero perse, prima per la fortuna grande, l'altra perchè erano passati dui giorni e non apparevano, e anco per certi fumi che facevano dui de li sui mandati in terra per avvisarne. E così stando sospesi, vedemmo venire [le] due navi con le vele piene e con le bandiere spiegate verso di noi. Essendo così vicine, subito scaricarono molte bombarde e gridi; poi tutti insieme, rengraziando Iddio e la Vergine Maria, andassemo a cercare più innanzi.

Essendo entrati in questo stretto, trovassemo due bocche, una al scirocco, l'altra al garbino. Il capitano generale mandò la nave Santo Antonio insieme con la Concezione per vedere se quella bocca, che era verso scirocco, aveva esito nel mare Pacifico. La nave Santo Antonio non volle aspettare la Concezione, perchè voleva fuggire per ritornare in Ispagna, come fece. Il piloto de questa nave se chiamava Stefan Gomes, lo quale odiava molto lo capitan generale, perchè, innanzi [che] si facesse questa armata, costui era andato da lo imperatore per farse dare alcune caravelle per discovrire terra; ma per la venuta del capitano generale sua magestà non le li dette. In questa nave era l'altro gigante, che avevamo preso, ma, quando entrò nel caldo, morse.

La Concezione, per non poter seguire questa, la aspettava andando di qua e di là. La Santo Antonio a la notte tornò indietro e se fuggì per lo medesimo stretto. Nui eramo andati a descovrire l'altra bocca verso el garbin. Trovando per ogni ora el medesimo stretto, arrivassemo a uno fiume, che 'l chiamassemo fiume delle Sardine, perchè appresso de questo ne erano molte: e così quivi tardassemo quattro giorni per aspettare le [altre] due navi. In questi giorni mandassemo uno battello ben fornito per descoprire el capo de l'altro mare. Venne in termine di tre giorni e dissero como avevano veduto el capo e el mare amplo.

El capitano generale lagrimò per allegrezza, e nominò quel capo Deseado, perchè l'avevamo già gran tempo desiderato. Tornassemo indietro per cercare le due navi e non trovassemo se non la Concezione. E, domandandoli dove era l'altra, rispose Gioan Serrano, che era capitano e pilota de questa e anco de quella che se perse, che non sapeva e che mai non l'aveva veduta dappoi che ella entrò nella bocca. La cercassemo per tutto lo stretto fin in quella bocca dov'ella fuggitte. Il capitano generale mandò indietro la nave Victoria fino al principio del stretto per vedere se ella era ivi, e, non trovandola, mettesse una bandiera in cima de alcuno monticello con una lettera in una pignattella, ficcata in terra presso la bandiera, acciò vedendola, trovassero la lettera e sapessero lo viaggio che facevano: perchè così era dato lo ordine fra noi, quando se smarrivano le navi una de l'altra. Se mise due bandiere con le lettere, una a uno monticello ne la prima baia, l'altra in una isoletta nella terza baia, dove erano molti lovi marini e uccelli grandi.

Il capitano generale l'aspettò con l'altra nave appresso el fiume Isleo; e fece mettere una croce in una isoletta circa de questo fiume, el quale erra tra alte montagne caricate de neve e descende al mare appresso el fiume de le Sardine. Se non trovavamo questo stretto, el capitano generale aveva deliberato andare fino a 75 gradi al polo antartico, dove in tale altura al tempo de la estate non ce è notte, e, se glie n'è, è poca, e così nell'inverno giorno.

Acciò che vostra illustrissima signoria il creda, quando éramo in questo stretto, le notte erano solamente de tre ore e era nel mese d'ottobre. La terra di questo stretto a man manca era voltata al scirocco e era bassa. Chiamassemo a questo stretto el stretto patagonico, in lo qual se trova, ogni mezza lega, securissimi porti, acque eccellentissime, legna se non di cedro, pesce, sardine, missiglioni e appio, erba dolce, ma ce n'è anche di amare; nasce attorno le fontane, del quale mangiassimo assai giorni per non aver altro. Credo non sia al mondo el piú bello e miglior stretto, come è questo. In questo mar Oceano se vede una molto dilettevole caccia de pesci. Sono tre sorte de pesci longhi uno braccio e più, che se chiamano doradi, albacore e boniti, li quali seguitano pesci che volano, chiamati colondrini, longhi un palmo e più; e sono ottimi al mangiare. Quando quelle tre sorte trovano alcuni di questi volanti, subito li volanti saltano fora de l'acqua e volano, finchè hanno le ale bagnate, più d'uno trar di balestra. Intanto che questi volano, gli altri li corrono indietro, sott'acqua, a la sua ombra. Non sono così presto cascati ne l'acqua, che subito li pigliano e mangiano: cosa invero bellissima da vedere.

VOCABOLI DE LI GIGANTI PATAGONI

Al capo — her

All'occhio — other

Al naso — or

Alle ciglia — occhechel

Alle palpebre — sechechiel

A li busi del naso — oresche

A la bocca — xiam

A li labbri — schiahame

A li denti — phor

Alla lingua — schial

Al mento — sechen

A li peli — archiz

Al volto — cogechel

A la coppa — schialeschin

A la gola — ohumez

A le spalle — pelles

Al gomito — cotel

A la mano — chene

A la palma de la mano — caimeghin

Al dito — cori

A le orecchie — sane

Sotto al braccio — salischin

A la mammella — othen

Al petto — ochii

Al corpo — gechel

Al membro — sachet

A li testicoli — sacancos

A la natura delle donne — jsse

All'usar con esse — jo hoi

A le cosce — chiane

Al ginocchio — tepin

Al culo — schiaguen

A le culatte — hoij

Al brazzo — maz

Al polso — holion

A le gambe — coss

Al piede — thee

Al calcagno — tere

A la caviglia del piè — perchi

A la sola del piè — caotscheni

A le unghie — colim

Al core — thol

Al grattare — gechare

A l'uomo guercio — calischen

Al giovane — calemi

A l'acqua — holi

Al fuoco — ghialeme

Al fumo — giaiche

Al no — ehen

Al sì — rey

A l'oro — pelpeli

A le pietre azzurre — secheg

Al sole — calexcheni

Alle stelle — settere

Al mare — aro

Al vento — oni

A la fortuna — ohone

Al pesce — hoi

Al mangiare — mechuiere

A la scodella — elo

A la pignatta — aschanie

Al domandare — ghelbe

Vien qui — hai si

Al guardar — chonne

A l'andar — rey

Al combattere — oamaghce

A le frezze — sethe

Al cane — holl

Al lupo — ani

A l'andar longe — schien

A la guida — anti

A la neve — theu

Al correre — hiam

Al struzo uccello — hoihoi

A la polvere d'erba che mangiano — capac

A li sui — om jani

A l'odorare — os

Al pappagallo — cheche

A la gabiota uccella — cleo

Al misiglion — siameni

Al panno rosso — torechai

Al bonnet — aichel

Al colore negro — ninel

Al rosso — taiche

Al giallo — peperi

Al cucinare — yrocoles

A la cintura — cathechin

A l'oca — cache

Al diavolo grande — Setebos

A li piccoli — Cheleule

Tutti questi vocaboli si pronunciano in gorga, perchè così li pronunziano loro.

Me disse questi vocaboli quel gigante, che avevamo nella nave, perchè domandandome capac, cioè pane, che così chiamano quella radice che usano loro per pane, e oli, cioè acqua, quando el me vide scrivere questi nomi, domandandoli poi de li altri con la penna in mano, me intendeva. Una volta feci la croce e la baciai, mostrandogliela. Subito gridò Setebos, e facemi segno, se più facessi la croce, [che] me intrerebbe nel corpo e farebbe crepare. Quando questo gigante stava male, domandò la croce abbracciandola e baciandola molto. Se volle far cristiano innanzi la sua morte. El chiamassemo Paolo. Questa gente quando voleno far fuoco, fregano uno legno pontino con un altro, in fine che fanno lo fuoco in una certa medolla d'arbore, che è fra questi due legni.

Mercore a 28 de novembre 1520 ne disbucassemo da questo stretto s'ingolfandone mar Pacifico. Stessemo tre mesi e venti giorni senza pigliare refrigerio di sorta alcuna. Mangiavamo biscotto, non più biscotto, ma polvere de quello con vermi a pugnate, perchè essi avevano mangiato il buono: puzzava grandemente de orina de sorci, e bevevamo acqua gialla già putrefatta per molti giorni, e mangiavamo certe pelle de bove, che erano sopra l'antenna maggiore, acciò che l'antenna non rompesse la sartia, durissime per il sole, pioggia e vento. Le lasciavamo per quattro o cinque giorni nel mare, e poi se metteva uno poco sopra le brace e così le mangiavamo, e ancora assai volte segatura de asse. Li sorci se vendevano mezzo ducato lo uno e se pur ne avessemo potuto avere. Ma sovra tutte le altre sciagure questa era la peggiore: crescevano le gengive ad alcuni sopra li denti così de sotto come de sovra, che per modo alcuno non potevano mangiare, e così morivano per questa infermità. Morirono 19 uomini e il gigante con uno Indio de la terra del Verzin. Venticinque o trenta uomini se infirmarono, chi ne le braccia, ne le gambe o in altro loco, sicchè pochi restarono sani. Per la grazia de Dio, io non ebbi alcuna infermitade.

In questi tre mesi e venti giorni andassemo circa de quattro mila leghe in uno golfo per questo mar Pacifico (in vero è bene pacifico, perchè in questo tempo non avessimo fortuna) senza vedere terra alcuna, se non due isolotte disabitate, nelle quali non trovassimo altro se non uccelli e arbori; le chiamassemo Isole Infortunate.

Son lungi l'una dall'altra duecento leghe. Non trovavamo fondo appresso de loro, se non vedevamo molti tiburoni. La prima isola sta in 15 gradi di latitudine a l'australe, e l'altra in 9. Ogni giorno facevamo cinquanta, sessanta e settanta leghe a la catena, o a poppa. E se Iddio e la sua Madre benedetta non ne dava così buon tempo, morivamo tutti de fame in questo mare grandissimo.

Quando fossimo usciti da questo stretto, se avessemo navigato sempre al ponente, averessimo dato una volta al mondo senza trovare terra niuna se non el capo de le XI mila Vergine, che è capo de questo stretto al mar Oceano, levante ponente con lo capo Deseado del mare Pacifico, li quali due capi stanno in 52 gradi di latitudine puntualmente al polo Antartico.

Il polo Antartico non è così stellato come lo Artico. Se vede molte stelle piccole, congregate insieme, che fanno in guisa de due nebule poco separate l'una dall'altra e uno poco offusche, in mezzo delle quale stanno due stelle molto grandi, nè molto relucenti e poco se movono. La calamita nostra, zavariando uno sempre, tirava al suo polo Artico; niente de meno non aveva tanta forza come da la banda sua. E però, quando èramo in questo golfo, il capitano generale domandò a tutti li piloti, andando sempre a la vela, per qual cammino navigando pontasseno su le carte. Risposero tutti: Per la sua via puntualmente data: li rispose che pontavano falso, così come era, e che conveniva aiutare la guglia del navigare, perchè non riceveva tanta forza dalla parte sua. Quando èramo in questo golfo vedessimo una croce de cinque stelle lucidissime, dritto al ponente e sono giustissime una con l'altra.

In questi giorni navigassemo tra il ponente e il maestrale e a la quarta del maestrale in verso ponente e al maestrale, finchè giungessimo a la linea equinoziale, lungi dalla linea de la ripartizione cento e vinti gradi. La linea de la ripartizione è 30 gradi lungi dal meridionale: el meridionale è 3 gradi al levante lungi da Capo Verde. In questo cammino passassemo poco lungi da due isole ricchissime, una in venti gradi di latitudine al polo Artico, che se chiama Cipangu; l'altra in quindici gradi, chiamata Sumdit Pradit. Passata la linea equinoziale, navigassero tra ponente e maestrale e alla quarta del ponente verso il maestrale; poi duecento leghe al ponente, mutando il viaggio a la quarta verso garbin fin in 13 gradi al polo Artico per apropinquarse più a la terra del capo de Gaticara, el qual capo, con pardon de li cosmografi perchè non lo visteno, non si trova dove loro li pensavano, ma al settentrione in 12 gradi, poco più, poco manco.

Circa de settanta leghe alla detta via, in dodeci gradi di latitudine e 146 de longitudine a 6 de marzo discoprissemo una isola al maistrale piccola e due altre al garbin. Una era più alta e più grande delle altre due. Il capitano generale voleva fermarse nella grande per pigliare qualche refrigerio; ma non potè, perchè la gente de questa isola entravano ne le navi e rubavano chi una cosa, chi l'altra, talmente che non potevamo guardarsi. Volevano calare le vele a ciò andassimo in terra: ne roborono lo schifo che stava legato da poppa de la nave capitana con grandissima prestezza. Per il che corrucciato il capitano generale andò in terra con quaranta uomini armati e brusarono da quaranta o cinquanta case con molti barchetti e ammazzarono sette uomini, e riebbe lo schifo. Subito ne partissemo seguendo lo medesimo cammino. Innanzi che dismontassemo in terra alcuni nostri infermi ne pregorono, se ammazzavamo uomo o donna, li portassemo li interiori, perchè subito sarebbeno sani.

Quando ferivamo alcuni di questi con li verrettoni, che li passavano li fianchi da l'una banda all'altra, tiravano il verrettone mo' di qua, mo' di là, guardandolo; poi lo tiravano fuora meravigliandosi molto, e così morivano: e altri che erano feriti nel petto facevano il simile. Ne mosseno a gran compassione. Costoro vedendone partire ne seguitarono con più de cento barchetti più d'una lega: se accostavano a le navi mostrandone pesce con simulazione de darnelo; ma traevano sassi e poi fuggivano. Andando le navi con vele piene, passavano fra loro e li battelli con quelli suoi barchetti molto destrissimi. Vedessimo alcune femmine in li barchetti gridare e scapigliarsi, credo per amore de li suoi morti.

Ognuno de questi vive secondo la sua volontà; non hanno signore: vanno nudi, e alcuni barbati, con li capelli negri fino a la cinta ingruppati. Portano cappelletti de palma come li Albanesi; sono grandi come noi e ben disposti; non adorano niente; sono olivastri, ma nascono bianchi: hanno li denti rossi e negri, perchè la reputano cosa bellissima. Le femmine vanno nude; se non che dinnanzi a la sua natura portano una scorza stretta, sottile come la carta, che nasce fra l'albore e la scorza della palma; sono belle, delicate e bianche più che li uomini, con li capelli sparsi e longhi, negrissimi, fino in terra. Queste non lavorano, ma stanno in casa tessendo store, casse de palma e altre cose necessarie a casa sua. Mangiano cocchi, batate, uccelli, fichi longhi uno palmo, canne dolci e pesci volatori con altre cose. Se ungono il corpo e li capelli con olio de cocco e di giongioli; le sue case sono tutte fatte di legno, coperte di tavole con foglie di figàro, de sopra lunghe due braccia, con solari e con fenestre; le camere e li letti tutti forniti di store bellissime de palma. Dormono sovra paglia molto molle e minuta. Non hanno arme, se non certe aste con un osso pontino de pesce ne la cima.

Questa gente è povera, ma ingegnosa e molto ladra: per questa chiamassemo queste tre isole le isole de li ladroni. El suo spasso è andare con le donne per mare con quelle sue barchette. Sono come le fucelere, ma più strette; alcune negre, bianche, e altre rosse. Hanno da l'altra parte della vela un legno grosso, pontino ne le cime, con pali attraversati, che il sostentano ne l'acqua per andare più securi alla vela. La vela è di foglie de palma cucite insieme e fatta a modo della latina. Per timone hanno certe pale, come da forno, con un legno in cima: fanno della poppa prora e de la prora poppa; e sono come delfini nel saltar a l'acqua de onda in onda. Questi ladroni pensavano, a li segni che facevano, [che] non fossero altri uomini al mondo, se non loro.

Sabato, a 16 de marzo 1521, dessemo, ne l'aurora, sovra una terra alta, lungi trecento leghe dalle isole de li Ladroni, la qual è isola e se chiama Zamal. El capitano generale nel giorno seguente volse dismontare in un'altra isola desabitata, per essere più sicuro che era di dietro de questa, per pigliare acqua e qualche diporto. Fece fare due tende in terra per li infermi e fece li ammazzare una porca. Luni a 18 di marzo vedessemo da poi disnare venire verso di noi una barca con nove uomini, per il che lo capitano generale comandò che niuno si movesse, nè dicesse parola alcuna senza sua licenza. Quando arrivorono questi in terra, subito lo suo principale andò dal capitano generale, mostrandose allegro per la nostra venuta. Restarono cinque de questi più ornati con noi; li altri andorono a levare alcuni altri, che pescavano; e così venirono tutti.

Vedendo lo capitano generale che questi erano uomini con ragione, li fece dare da mangiare e li donò bonetti rossi, specchi, pettini, sonagli, avorio, boccasini e altre cose. Quando visteno la cortesia del capitano, li presentorono pesci, uno vaso de vino de palma, che lo chiamavano vraca, fichi più lunghi d'un palmo e altri più piccoli, più saporiti, e due cocchi. Allora non avevano altro. Ne fecero segni con la mano che in fino a quattro giorni portarebbero umany, che è riso, cocchi e molta altra vittuaglia.

I cocchi sono frutti de la palma. Così come noi avemo il pane, il vino, l'olio e l'aceto, così hanno questi popoli ogni cosa da questi arbori. Hanno el vino in questo modo: forano la ditta palma in cima nel coresino, detto palmito, dal quale stilla uno liquore, come è [il] mosto, bianco, dolce, ma un poco bruschetto, in canne grosse come la gamba e più: le attaccano a l'arbore la sera per la mattina e la mattina per la sera. Questa palma fa uno frutto, il quale è lo cocco. Questo cocco è grande come il capo, e più e meno. La sua prima scorza è verde e grossa più di dui diti, ne la quale trovano certi filetti, che fanno le corde che legano le sue barche. Sotto di questa ne è una dura e molto più grossa di quella de la noce. Questa la brusano e fanno polvere buona per loro. Sotto di questa è una medolla bianca, grossa come un dito, la qual mangiano fresca con la carne e il pesce, come noi lo pane, e di quel sapore che è la mandorla. Chi la seccasse, se farebbe pane. In mezzo de questa medolla è una acqua chiara, dolce e molto cordiale; e quando questa acqua sta un poco accolta, se congela e diventa como uno pomo. Quando voleno fare olio, pigliano questo cocco e lassano putrefare quella medolla con l'acqua e poi fanno bollire e viene olio come butirro. Se può fare anche latte, come noi facevamo. Grattavamo questa medolla, poi la mischiavamo con l'acqua sua medesima strucandola in uno panno, e così era latte como di capra. Queste palme sono como palme de li datteri, ma non così nodose, se non lisce. Una famiglia di X persone, con due di queste se mantengono fruendo 5 otto giorni l'una e otto giorni l'altra per lo vino: se altramente facessono, se seccherebbeno: e durano cento anni.

Grande familiaritade pigliarono con nui questi popoli. Ne dissero molte cose come le chiamavano e li nomi de alcune isole, che se vedevano de qui. La sua se chiama Zuluan, la quale non è troppo grande. Pigliassemo gran piacere con questi, perchè erano assai piacevoli e conversabili. Il capitano generale, per farli più onore, li menò a la sua nave e li mostrò tutta la sua mercadanzia, garofoli, cannella, pevere, noce moscada, macia, oro e tutte le cose che erano nella nave; fece descaricare alcune bombarde. Ebbero gran paura e volsero saltar fuora de la nave. Ne fecero segni quelli dove noi andavamo nascessevano le cose suddette. Quando si volsero partire, pigliarono licenza con molta grazia e gentilezza, dicendo che tornarebbeno secondo la sua promessa. La isola dove éramo se chiama Humunu; ma noi, per trovarli due fontane de acqua chiarissima, la chiamassemo l'Acquata de li buoni segnali, perchè fu il primo segno de oro che trovassemo in questa parte. Qui si trova gran quantitade de coralli bianchi e arbori grandi, che fanno frutti poco minori de la mandorla e sono come li pignoli; e anco molte palme, alcune buone e alcune altre cattive. In questo loco sono molte isole; per il che lo chiamassemo l'arcipelago de San Lazzaro, descovrendolo ne la sua Domenica; il quale sta in X gradi di latitudine al polo Artico e centosessantauno di longitudine della linea de la ripartizione.

Venere a 22 di marzo venirono in mezzodì quelli uomini, secondo ne avevano promesso, in due barche con cocchi, naranzi dolci, uno vaso de vino de palma, e uno gallo per dimostrare che in queste parti erano galline. Se mostrarono molto allegri verso de noi; comprassemo tutte quelle cose. Il suo signor era vecchio e depinto; portava due schione de oro a le orecchie, li altri molte maniglie de oro a li brazzi, con fazoli intorno al capo. Stessemo quivi otto giorni, ne li quali el nostro capitano andava ogni dì in terra a visitare li infirmi; e ogni mattina li dava con le sue mani acqua del cocco, che molto li confortava.

De dietro de questa isola stanno uomini che hanno tanto grandi li picchetti de le orecchie, che portano li bracci ficcati in loro. Questi popoli sono Cafri, cioè Gentili, vanno nudi con tele de scorza d'arbore intorno le sue vergogne; se non alcuni principali, con tele de bambaso lavorate ne li capi con seta a guchia. Sono olivastri, grassi, depinti, e se ongeno con olio de cocco e de giongioli per lo sole e per il vento. Hanno li capelli negrissimi, fino a la cinta, e hanno daghe, coltelli, lance de oro, targoni, fiocine, arponi e reti per pescare come rezzali. Le sue barche sono come le nostre.

Nel luni santo, a venticinque de marzo, giorno de la Nostra Donna, passato mezzodì, essendo di ora in ora per levarsi, andai a bordo della nave per pescare, e, mettendo li piedi sopra una antenna per discendere ne la mesà di guarnigione, me slizegarono li piedi perchè era piovesto, e così cascai nel mare che niuno me vide. E essendo quasi sommerso, me venne ne la mano sinistra la scotta de la vela maggiore, che era ascosa ne l'acqua: me tenni forte e comensai a gridare, tanto che fui aiutato con lo battello. Non credo già [che] per miei meriti, ma per la misericordia di quella fonte di pietà, fossi aiutato. Nel medesimo giorno pigliassemo tra il ponente e garbin infra quattro isole: Cenalo, Hiunanghan, Ibusson e Abarien.

Iove, a ventiotto de marzo, per aver visto la notte passata fuoco in una isola, ne la mattina sorgessimo appresso de questa: vedessemo una barca piccola che la chiamano boloto, con otto uomini de dentro appropinquarse ne la nave capitanea. Uno schiavo del capitano generale, che era de Zamatra, già chiamata Traprobona, li parlò, il quale subito intesono: vennero nel bordo della nave, non volendo intrare dentro, ma stavano uno poco discosti. Vedendo el capitano che non volevano fidarse de noi, li buttò un bonnet rosso e altre cose ligate sopra un pezzo de tavola. La pigliarono molto allegri e subito se partirono per avvisare il suo re. Da lì circa due ore vedessimo vegnire due balangai (che sono barche grandi e così le chiamano) pieni di uomini: nel maggiore era lo suo re sedendo sotto uno coperto de store.

Quando el giunse sotto la capitana, el schiavo li parlò; il re lo intese, perchè in questa parte li re sanno più linguaggi che li altri: comandò che alcuni suoi intrasseno ne la nave. Lui sempre stette nel suo balangai poco longe de la nave, finchè li suoi tornarono e, subito tornati, se partì. Il capitano generale fece grande onore a quelli, che venirono ne la nave; e donolli alcune cose, per il che il re, innanzi la sua partita, volle donare al capitano una barra de oro grande e una sporta piena de gengero; ma lui, ringraziando molto, non volse accettarle. Nel tardi andassemo con la nave appresso la abitazione del re.

Il giorno seguente, che era il Venerdì Santo, il capitano generale mandò lo schiavo, che era lo interprete nostro, in terra in uno battello a dire al re, se aveva alcuna cosa da mangiare, la facesse portare in nave, che resteriano bene satisfatti da noi, e come amici e non come nemici eramo venuti a la sua isola. El re venne con sei, ovvero otto uomini, nel medesimo battello ed entrò ne la nave, abbracciandosi col capitano generale e donògli tre vasi di porcellana coperti de foglie, pieni di riso crudo e due orate molto grandi con altre cose. El capitano dette al re una veste de panno rosso e giallo fatta a la turchesca e uno bonnet rosso fino: a li altri sui, a chi coltelli e a chi specchi. Poi li fece dare da colazione e, per il schiavo, li fece dire che voleva essere con lui casi casi, cioè fratello: rispose che così voleva essere verso de lui. Da poi lo capitano gli mostrò panno de diversi colori, tela, coralli e molta mercanzia e tutta l'artigliaria, facendola descargare.

Alcuni molto se spaventorno; poi fece armare uno uomo con un uomo d'arme e li messe attorno tre con spade e pugnali, che li davano per tutto el corpo; per la qual cosa el re restò quasi fora di sè. Li disse per il schiavo che uno de questi armati valeva per cento de li suoi: rispose che era così e che in ogni nave ne menava duecento, che se armavano de quella sorte. Li mostrò corazzine, spade e rotelle e fece fare a uno una levata. Poi lo condusse sopra la tolda della nave, che è in cima de la poppa e fece portare la sua carta da navigare e la bussola e li disse per l'interprete come trovò lo stretto per venire a lui e quante lune sono stati senza vedere terra. Se meravigliò: in ultimo li disse che voleva, se li piacesse, mandare seco due uomini, acciò li mostrasse alcune de le sue cose. Respose che era contento. Io ce andai con un altro.

Quando fui in terra, il re levò le mani al cielo e poi se volse contro noi dui; facessemo lo simile verso de lui; così tutti li altri fecero. Il re me pigliò per la mano; uno suo principale pigliò l'altro compagno, e così ne menarono sotto un coperto de canne, dove era uno balangai longo ottanta palmi de li miei, simile a una fusta. Ne sedessimo sopra la poppa de questo, sempre parlando con segni. Li suoi ne stavano in piedi attorno attorno con spade, daghe, lance e targoni. Fece portare uno piatto de carne de porco con uno vaso grande pieno de vino. Bevevamo ad ogni boccone una tazza de vino: lo vino che li avanzava qualche volta, benchè fosseno poche, se metteva in uno vaso da per sè. La sua tazza sempre stava coperta; ninguno altro lì beveva se non il re e io. Innanzi che il re pigliasse la tazza per bere, alzava le mani giunte al cielo e verso de noi, e quando voleva bere, estendeva lo pugno de la mano sinistra verso di me (prima pensava me volesse dare un pugno) e poi beveva; faceva cosí io verso il re. Questi segni fanno tutti l'uno verso de l'altro, quando beveno. Con queste cerimonie e altri segni de amicizia merendassemo.

Mangiai nel Venere Santo carne, per non potere fare altro. Innanzi che venisse l'ora de cenare, donai molte cose al re, che avevo portate: scrissi assai cose come le chiamavano. Quando lo re e li altri me visteno scrivere e li diceva quelle sue parole, tutti restorono attoniti. In questo mezzo venne l'ora de cenare. Portorono due piatti grandi de porcellana, uno pieno de riso e l'altro de carne de porco con suo brodo. Cenassimo con li medesimi segni e cerimonie; poi andassimo al palazzo del re, el quale era fatto come una teza de fieno, coperto de foglie de figàro e de palma. Era edificato sovra legni grossi, alti de terra, che 'l se conviene andare con scale. Ne fece sedere sopra una stora de canne, tenendo le gambe attratte come li sarti. De lì a mezza ora fu portato uno piatto de pesce brustolato in pezzi e zenzero, per allora colto, e vino.

El figliuolo maggiore del re, ch'era il principe, venne dove èramo: il re li disse che sedesse appresso noi, e così sedette. Fu portato due piatti, uno de pesce con lo suo brodo, e l'altro de riso, a ciò che mangiassemo col principe. Il nostro compagno per tanto bere e tanto mangiare diventò briaco. Usano per lume gomma de arbore, che la chiamano anime, voltata in foglie de palma e de figàro.

El re ne fece segno che 'l voleva andare a dormire; lassò con nui lo principe, con quale dormissemo sopra una stora de canne con cuscini de foglie. Venuto lo giorno, el re venne e me pigliò per la mano: così andassemo dove avevamo cenato per far colazione, ma il battello ne venne a levare. Innanzi la partita, el re molto allegro ne basò le mani e noi le sue; venne con noi uno suo fratello, re d'un'altra isola, con 3 uomini; lo capitano generale lo ritenette a disnare con noi e donògli molte cose.

Nella isola de questo re, che condussi a le navi, se trova pezzi de oro, grandi come noci e uovi, crivellando la terra. Tutti li vasi de questo re sono de oro e anche alcuna parte de la casa sua. Così ne riferitte lo medesimo re. Secondo lo suo costume, era molto in ordine e lo più bello uomo, che vedessimo tra questi popoli. Aveva li capelli negrissimi fino a le spalle, con un velo de seta sopra lo capo, e due schione grande de oro taccate a le orecchie; portava uno panno de bombaso tutto lavorato de seta, che copriva da la cinta fino al ginocchio. Al lato una daga con lo manico alquanto longo, tutto de oro; il fodero era de legno lavorato: in ogni dente aveva tre macchie d'oro, che pareva fosseno legati con oro: oleva de storac e belgiovì; era olivastro e tutto depinto. Questa sua isola se chiama Butuan e Calagan. Quando questi re se vòleno vedere, vèneno tutti due a la caccia in quest'isola, dove èramo; el re primo se chiama Colambu, il secondo raià Siain.

Domenica, ultimo de marzo, giorno de Pasqua, ne la mattina per tempo el capitano generale mandò il prete con alquanti a apparecchiare per dovere dire messa, con lo interprete a dire che non volevamo discendere in terra per desinar seco, ma per aldire messa, per il che lo re ne mandò dui porchi morti. Quando fu ora de messa, andassemo in terra forse cinquanta uomini, non armati la persona, ma con le altre nostre arme, e meglio vestiti che potessemo. Innanzi che arrivassemo a la riva con li battelli, furono scaricati sei pezzi de bombarde in segno de pace. Saltassemo in terra: li due re si abbrazzarono lo capitano generale e lo mèsseno in mezzo de loro: andassemo in ordinanza fino al logo consacrato, non molto lungi dalla riva. Innanzi [che] se cominciasse la messa, il capitano bagnò tutto il corpo de li due re con acqua moscata. Se offerse a la messa: li re andarono a baciare la croce come noi, ma non offerseno.

Quando se levava lo corpo de Nostro Signore, stavano in genocchioni e adoravanlo con le mani gionte. Le navi tirarono tutta la artiglieria in un tempo, quando se levò il corpo de Cristo, dandogli lo segno da la terra con li schioppetti. Finita la messa, alquanti de li nostri se comunicarono. Lo capitano generale fece fare uno ballo con le spade, de che li re ebbeno gran piacere; poi fece portare una croce con li chiodi e la corona, a la qual subito fecero reverenzia. Li disse per lo interprete come questa era il vessillo datogli da lo imperatore suo signore, acciò, in ogni parte dove andasse, mettesse questo suo segnale, e che voleva metterlo ivi per sua utilità, perchè, se venissero alcune nave de le nostre, saperiano, con questa croce, noi essere stati in questo loco, e non farebbero despiacere a loro nè a le cose; e, se pigliassero alcuno de li suoi, subito, mostrandogli questo segnale, lo lasseriano andare; e che conveniva mettere questa croce in cima del più alto monte che fosse, acciò, vedendola ogni mattina, la adorassero; e se questo facevano, nè tuoni nè fulmini in tempesta li nocerebbe in cosa alcuna.

Lo ringraziarono molto [e dissero] che farebbono ogni cosa volontieri. Anche li fece dire se erano Mori o Gentili, o in che credevano. Risposero che non adoravano altro, se non [che] alzavano le mani giunte e la faccia al cielo e che chiamavano lo suo Dio Abba: per la qual cosa lo capitano ebbe grande allegrezza. Vedendo questo, el primo re levò le mani al cielo e disse che vorria, se fosse possibile, farli vedere il suo amore verso de lui. Lo interprete gli disse per quale ragione aveva quivi così poco da mangiare. Rispose che non abitava in questo loco, se non quando veniva a la caccia e a vedere lo suo fratello; ma stava in una altra isola, dove aveva tutta la sua famiglia.

Li fece dire se aveva nemici lo dicesse, perciò [che] andrebbe con questa nave e distruggerli e farìa [che] lo obbediriano. Lo rengraziò e disse che aveva bene due isole nemiche, ma che allora non era tempo de andarvi. Lo capitano li disse [che], se Dio facesse che un'altra fiata ritornasse in queste parte, condurria tanta gente che farebbe per forza esserli soggette, e che voleva andar a disnare e dappoi tornerebbe per far porre la croce in cima del monte.

Risposero erano contenti. Facendosi un battaglione con scaricare gli schioppetti e abbracciandosi lo capitano con li due re, pigliassimo licenza.

Dopo disnare tornassemo tutti in giubbone e andassemo insieme con li due re nel mezzodì in cima del più alto monte che fosse. Quando arrivassemo in cima, lo capitano generale li disse come aveva caro avere sudato per loro, perchè, essendo ivi la croce, non poteva se non grandemente giovarli. E domandolli qual porto era migliore per vettovaglie. Dicessero che ne erano tre; cioè Ceylon, Zubu e Calaghan; ma che Zubu era più grande e de miglior traffico e se profferseno de darne piloti che ne insegnerebbeno il viaggio.

Lo capitano generale li ringraziò e deliberò di andar lì, perchè così voleva la sua infelice sorte. Posta la croce, ognuno disse uno Pater noster e una Ave Maria, adorandola: così li re feceno. Poi discendessimo per li suoi campi lavorati e andassimo dove era lo balangai. Li re fecero portare alquanti cocchi, acciò se rinfrescassimo. Lo capitano li domandò li piloti, perchè la mattina seguente voleva partirsi e che li tratterebbe come sè medesimo, lasciandogli uno dei nostri per ostaggio. Risposero che ogni ora li volesse erano al suo comando; ma ne la notte il primo re se mutò d'opinione. La mattina, quando èramo per partirsi, el re mandò a dire al capitano generale che, per amore suo, aspettasse due giorni, finchè facesse cogliere el riso ed altri suoi minuti, pregandolo mandasse alcuni uomini per aiutarli, acciò più presto se spacciasse, e che lui medesimo voleva essere lo nostro piloto.

Lo capitano mandogli alcuni uomini, ma li re tanto mangiarono e bevetteno che dormitteno tutto il giorno. Alcuni per escusarli dissero che avevano uno poco de male. Per quel giorno li nostri non fecero niente, ma negli altri dui seguenti lavorarono. Uno de questi popoli ne portò forse una scodella de riso con otto o dieci fichi, legati insieme, per barattarli con uno coltello che valeva al più tre quattrini. Il capitano, vedendo [che] questo non voleva altro se non un coltello, lo chiamò per vedere più cose; mise mano a la borsa e li volse dare per quelle cose uno reale: lui nol volse; gli mostrò uno ducato, manco lo accettò: al fine li volse dare un doppione di due ducati; non volse mai altro che un coltello e così glie lo fece dare. Andando uno de li nostri in terra per torre acqua, uno de questi li volse dare una corona pontina de oro massiccio, grande come una colonna, per sei filze di cristallino: ma il capitano non volle che la barattasse, acciochè in questo principio sapessero per periziavamo più la nostra mercanzia che lo suo oro.

Questi populi sono Gentili; vanno nudi e depinti: portano un pezzo de tela de arbore intorno le sue vergogne; sono grandissimi bevitori. Le sue femmine vanno vestite de tela de arbore da la cinta in giù, con li capelli negri fino in terra, hanno forate le orecchie e piene de oro. Questa gente sempre masticano uno frutto che chiamano areca; è come uno pero. Lo tagliano in quattro parti, e poi lo volveno ne le foglie del suo albero, che le nominano betre; sono come foglie del moraro, con uno poco de calcina, e, quando le hanno ben masticate, le sputano fora: fanno diventare la bocca rossissima. Tutti li popoli de questa parte del mondo le usano perchè rinfrescali molto el core. Se restasseno de usarle, morirebbeno.

In questa isola sono cani, gatti, porci, galline, capre, riso, zenzero, cocchi, fichi, naranzi, limoni, miglio, panico, sorgo, cera e molto oro. Sta de latitudine in 9 gradi e due terzi all'Artico, e 162 de longitudine della linea de la ripartizione, e 25 leghe longe de la Acquada, e se chiama Mazana.

Stessemo sette giorni quivi; poi pigliassimo la via del maestrale passando prima cinque isole, cioè Ceylon, Bohol, Canigran, Bagbai e Gatighan. In questa isola de Gatighan sono barbastelli grandi come aquile; perchè era tardi ne ammazzassemo uno: era come una gallina al mangiare. Ce sono colombi, tortore, pappagalli e certi uccelli negri, grandi come galline, con la coda lunga; fanno ovi grandi come de oca, li mettono sotto la sabbia per lo gran caldo li crea. Quando sono nasciuti alzano la arena e vieneno fora. Questi ovi sono boni da mangiare. Da Mazana a Gatighan sono venti leghe. Partendone da Gatighan al ponente, il re di Mazana non ne potè seguire; perchè lo aspettassemo circa tre isole, Polo, Ticobon e Poxon. Quando el gionse, molto se meravigliò del nostro navigare. Lo capitano generale lo fece montare ne la sua nave con alcuni suoi principali, del che ebbero gran piacere, e così andassemo in Zubu. Da Gatighan a Zubu sono quindici leghe.

La domenica, a 7 de aprile, a mezzo dì, intrassemo nel porto di Zubu; passando per molti villaggi vedevamo molte case fatte sopra li arbori. Appropinquandose a la città, lo capitano generale comandò [che] le nave s'imbandierasseno: furono calate le vele e poste a modo de battaglia e scaricò tutta l'artigliaria, per il che questi popoli ebbero grandissima paura. Lo capitano mandò uno suo allievo, con lo interprete, ambasciatore al re de Zubu. Quando arrivorno ne la città, trovorono infiniti uomini insieme con lo re, tutti paurosi per le bombarde. L'interprete li disse questo essere nostro costume, [che] entrando in simili luoghi, in segno de pace e amicizia e per onorare lo re del luogo, scaricavamo tutte le bombarde. El re e tutti li suoi se assecurorno; e fece dire a li nostri per lo suo governatore che [cosa] volevano. L'interprete rispose come el suo signore era capitano del maggiore re e principe [che] fosse nel mondo, e che andava a discovrire Malucco; ma per la sua buona fama, come aveva inteso dal re de Mazana, era venuto solamente per visitarlo e pigliare vittuaglia con la sua marcadanzia.

Li disse che in bona ora era venuto, ma che aveva questa usanza: tutte le navi che entravano nel porto suo pagavano tributo, e che non erano quattro giorni che uno giunco cargato d'oro e de schiavi, li aveva dato tributo; e per segno de questo gli mostrò uno mercadante de Ciama che era restato per mercadantare oro e schiavi. Lo interprete li disse como el suo signore, per essere capitano de tanto gran re, non pagava tributo ad alcuno signore del mondo, e se voleva pace, pace avrebbe e se non guerra, guerra. Allora el Moro mercadante disse al re: Cata, raja, chiba, cioè: Guarda bene, signore: questi sono de quelli che hanno conquistato Calicut, Malacca e tutta l'India Maggiore. Se bene se li fa, bene si ha; se male, male e peggio, come hanno fato a Calicut e a Malacca.

L'interprete intese lo tutto e dissegli che 'l re suo signore era più potente de gente e de navi che lo re del Portogallo, e era re de Spagna e imperatore de tutti li Cristiani e, se non voleva esserli amico, li mandaria un'altra fiata tanta gente che lo destrueriano. Il Moro narrò ogni cosa al re. Allora li disse [che] se consigliarebbe con li sui, e nel dì seguente li responderebbe. Poi fece portare una colazione de molte vivande, tutte de carne, poste in piatti de porcellane, con molti vasi de vino. Data la colazione, li nostri retornorono e ne dissero lo tutto. Il re de Mazana, che era lo primo dopo questo re e signore de alquante isole, andò in terra per dire al re la gran cortesia del capitano generale.

Luni mattina il nostro scrivano insieme con l'interprete andorono in Zubu: venne il re con li suoi principali in piazza e fece sedere li nostri appresso lui. Li disse se più d'uno capitano era in questa compagnia, e se 'l voleva lui pagasse tributo a l'imperatore suo signor. Rispose de non, ma voleva solamente [che] mercatandasse con lui e non con altri. Disse che era contento; e, se lo capitano nostro voleva essere suo amico, li mandasse un poco de sangue del suo braccio diritto, e così farebbe lui, per segno de più vera amicizia. Rispose che lo faria. Poi lo re li disse come tutti li capi che venivano quivi se davano presenti l'uno con l'altro e se lo nostro capitano o lui doveva cominciare. L'interprete li disse poi che [se] lui voleva mantegnire questo costume, comenzasse; così comenzò.

Marti mattina el re de Mazana con lo Moro venne a le navi, salutò lo capitano generale da parte del re e disseli come el re de Zubu faceva adunare più vittuaglia [che] poteva per darnela, e come manderebbe, dopo disnare, uno suo nipote con due o tre de sui principali per fare la pace. Lo capitano generale fece armare uno de le sue proprie arme e feceli dire come tutti noi combattevamo de quella sorta. Il Moro molto si spaventò: il capitano li disse non si spaventasse, perchè le nostre arme erano piacevoli a li amici e aspre a li nemici; e così come li fazoli asciogano il sudore, così le nostre arme atterrano e destruggeno tutti li avversari e malevoli della nostra fede. Fece questo acciò el Moro, che pareva essere più astuto de li altri, lo dicesse al re.

Dopo disnare venne a le navi lo nipote del re, che era principe, col re di Mazana, il Moro, il governatore e il bargello maggiore con otto principali, per fare la pace con noi. Lo capitano generale, sedendo in una cattedra de velluto rosso, li principali in sedie de corame e li altri in terra sovra store, li disse per lo interprete, se lo suo costume era di parlare in secreto, ovvero in pubblico, e se questo principe col re de Mazana avevano il potere di fare la pace. Rispose che parlavano in pubblico e che costoro avevano il potere de far la pace.

Lo capitano disse molte cose sovra la pace e che 'l pregava Iddio la confirmasse in cielo: dissero che mai non avevano aldite cotali parole e che pigliavano gran piacere a udirle. Vedendo lo capitano che questi volontieri ascoltavano e rispondevano, li cominciò [a] dire cose per indurli a la fede.

Domandò qual dopo la morte del re succedesse a la signoria: rispose che lo re non aveva figlioli, ma figliole, e che questo suo nipote aveva per moglie la maggiore; perciò era lo principe e quando li padri e madri erano vecchi non si onoravano piú, ma li figlioli li comandavano. Lo capitano li disse come Iddio fece lo cielo, la terra, lo mare e tante altre cose, e come impose se dovessero onorare li padri e madri e, chi altramente faceva, era condannato nel fuoco eterno; e come tutti descendevamo da Adam e Eva, nostri primi parenti; e come avevamo l'anima immortale, e molte altre cose pertinenti a la fede. Tutti allegri lo supplicorono volesse lasciarli due uomini, o almeno uno, acciò li ammaestrasse ne la fede e che li farebbeno grande onore. Gli rispose che allora non poteva lasciarli alcuno, ma se volevano essere Cristiani, lo prete nostro li battezzerebbe, e che un'altra fiata menaria preti e frati, che li insegnerebbero la fede nostra. Risposero che prima volevano parlare al re e poi diventarebbero Cristiani. Lagrimassemo tutti per la grande allegrezza.

Lo capitano li disse che non se fecero Cristiani per paura nè per compiacerne, ma volontariamente, e, a coloro che volevano vivere secondo la sua legge, non li sarebbe fatto dispiacere alcuno; ma li Cristiani sariano meglio visti e carezzati che gli altri. Tutti gridarono ad una voce, che non si facevano Cristiani per paura, nè per compiacerne, ma per spontanea volontade.

E allora li disse che, se diventavano Cristiani, gli lascerebbe una armatura; perchè così li era stato imposto dal suo re, e come non potevano usare con le sue donne, essendo Gentili, senza grandissimo peccato; e come li assecurava, che, essendo Cristiani, non li apparirebbe più el demonio, se non nel punto estremo della sua morte. Disseno che non sapevano risponderli per le sue belle parole, ma se rimettevano nelle sue mani e facesse de loro come dei suoi fedelissimi servitori. Lo capitano, piangendo, li abbrazzò, e aggiungendo una mano del principe e una del re fra le sue, li disse per la fede [che] portava a Dio e per lo abito che aveva, li prometteva che li dava la pace perpetua col re di Spagna. Risposeno che lo simile promettevano.

Conclusa la pace, lo capitano fece dare una colazione; poi lo principe e [lo] re presentarono al capitano, da parte del suo re, alquanti cestoni de riso, porci, capre e galline, e gli dissero li perdonasse per ciò [che] tal cose erano poche a uno simile a lui. Lo capitano donò al principe uno panno bianco di tela sottilissima, uno bonnet rosso, alquante filze de cristallino e uno bicchier dorato de vetro. Li vetri sono molto apprezzati in queste parti. Al re di Mazana non li dette alcun presente, perchè già li aveva dato una veste de Cambaya con altre cose, e a li altri a chi una cosa, a chi un'altra.

Mandò poi al re de Zubu, per mi e uno altro, una veste di seta gialla e morella a guisa turchesca, uno bonnet rosso fino, alquante filze de cristallino, posto ogni cosa in uno piatto d'argento e due biccheri dorati in mano.

Quando fossimo ne la città, trovassemo lo re in suo palazio con molti uomini, che sedeva in terra sovra una stora de palma: aveva solamente uno panno de tela de bombaso dinanzi alle sue vergogne, uno velo intorno al capo, lavorato a gucchia, una collana al collo de gran prezio, due schione grande de oro [at]taccate a le orecchie, con pietre preziose attorno.

Era grasso e piccolo e depinto con lo fuoco a diverse maniere: mangiava in terra sovra un'altra stora ovi de bissa scutellara, posti in due vasi de porcellana; e aveva dinnanzi quattro vasi pieni de vino de palma, serrati con erbe odorifere, e ficcati quattro cannuti: con ogni uno de questi beveva.

Fatta la debita reverenza, l'interprete li disse como lo suo signore lo rengraziava molto del suo presente, e che li mandava questo, non per il suo, ma per lo [in]trinsico amore [che] li portava. Li vestissimo la veste, gli ponessimo il bonnet in capo e li dessemo le altre cose: e poi baciando li vetri e ponendoli sovra lo capo, le li presentai e facendo lui il simile, li accettò. Poi il re ne fece mangiare de quelli ovi e bere con quelli cannuti. Li altri sui in questo mezzo gli dissero lo parlamento del capitano sovra la pace e lo esortamento per farli Cristiani.

Il re ne volse tener seco a cena; li dicessemo non potevamo allora restare. Pigliata la licenza, il principe ne menò seco a casa sua, dove sonavano quattro fanciulle, una de tamburo a modo nostro, ma era posta in terra; un'altra dava con un legno, fatto alquanto grosso nel capo con tela de palma, in due borchie piccate, uno in l'uno, uno in l'altro: l'altra in una borchia grande col medesimo modo: la ultima con due borchiette in mano; dando l'una nell'altra, facevano un soave suono. Tanto a tempo sonavano, che pareva avessero gran ragion del canto. Queste erano assai belle e bianche, quasi come le nostre e così grandi: erano nude, se non che avevano tela de arbore da la cinta fino al ginocchio, e alcune tutte nude, col picchietto de le orecchie grande, con un cerchietto de legno dentro, che lo tiene tondo e largo; con li capelli grandi e negri, e con uno velo piccolo attorno al capo, e sempre discalze. Il principe ne fece ballare con tre, tutte nude. Merendassemo e da poi venissemo alle navi. Queste borchie sono de metallo e se fanno nella regione del Signio Magno, che è detta la China. Quivi le usano come noi le campane e le chiamano aghon.

Mercore mattina, per esser morto uno dei nostri ne la notte passata, l'interprete ed io andassemo a domandare al re dove lo poteriamo seppellire. Trovassemo lo re accompagnato da molti uomini, a cui, fatta la debita reverenzia, li lo dissi. Rispose: "se io e li miei vassalli semo tutti del tuo signore, quanto maggiormente deve esser [sua] la terra ". E li dissi come volevamo consecrare il luogo e metterli una croce: rispose che era molto contento e che la voleva adorare come noi altri. Fu sepolto lo morto ne la piazza, al meglio potessemo, per darli bon esempio; e poi la consacrassemo; sul tardi ne seppellissimo un altro. Portassemo molta mercanzia in terra, e la mettessemo in una casa, qual el re la tolse sovra sua fede, e quattro uomini che erano restati per mercatandare in grosso.

Questi popoli vivono con giustizia, peso e misura; amano la pace, l'ozio e la quiete: hanno bilance de legno. Lo legno ha una corda nel mezzo con la quale se tiene; d'uno capo è piombo, e de l'altro segni come quarti, terzi e libbre. Quando voleno pesare pigliano la bilancia, che è con tre fili come le nostre, e la metteno sovra li segni, e così pesano giusto. Hanno misure grandissime senza fondo. Le giovani giocano a la zampogna, fatte come le nostre, e le chiamano subin. Le case sono de legno de tavole e de canne, edificate sopra pali grossi, alte da terra, che bisogna andarvi dentro con scale e hanno camere come le nostre. Sotto le case teneno li porci, capre e galline.

Se trovano quivi cornioli grandi, belli a vedere, che ammazzano le balene, le quale li inghiottono vivi. Quando loro sono nel corpo, veneno fuora del suo coperto e li mangiano el core. Questa gente li trovano poi vivi appresso del core de le balene morte. Questi [cornioli] hanno denti, la pelle negra, il coperto bianco e la carne: sono boni da mangiare e li chiamano laghan.

Venere li mostrassemo una bottega piena de le nostre mercanzie, per il che restorono molto ammirati: per metallo, ferro e l'altra mercanzia grossa ne davano oro: per le minute ne davano riso, porci e capre con altre vettovaglie. Questi popoli ne davano X pesi de oro per XIIII libbre de ferro: un peso è circa d'uno ducato e mezzo. Lo capitano generale non volse se pigliasse troppo oro, perchè sarebbe stato alcuno marinaro che avrebbe dato tutto lo suo per uno poco de oro, e averia disconciato lo traffico per sempre.

Sabato, per avere promesso lo re al capitano de farsi Cristiano ne la Domenica, se fece ne la piazza, che era sacrata, uno tribunale adornato de tapezzeria e rami de palme per battizzarlo: e mandolli a dire che nella mattina non avesse paura de le bombarde, per ciò [che] era nostro costume, ne le feste maggiore, descaricarle senza pietre.

Domenica mattina, a quattordese de aprile, andassemo in terra quaranta uomini, con due uomini tutti armati dinanzi a la bandiera reale. Quando dismontassemo, se tirò tutta la artiglieria. Questi popoli seguivano de qua e de là. Lo capitano e lo re se abbracciorono. Li disse che la bandiera reale non se portava in terra, se non con cinquanta uomini, come erano li dui armati, e con cinquanta scoppettieri; ma per lo suo grande amore così la aveva portata. Poi tutti allegri andassemo presso al tribunale. Lo capitano e lo re sedevano in cattedre de velluto rosso e morello, li principali in cuscini, li altri sovra store.

Lo capitano disse al re, per lo interprete, [che] ringraziasse Iddio per ciò [che] lo aveva inspirato a farse Cristiano, e che vincerebbe più facilmente li sui nemici che prima. Rispose che voleva esser Cristiano; ma alcuni suoi principali non volevano obbedire, perchè dicevano essere così uomini come lui. Allora lo nostro capitano fece chiamare tutti li principali del re, e disseli, se non obbedivano al re come suo re, li farebbe ammazzare e darìa la sua roba al re. Risposero [che] lo obbedirebbono. Disse al re [che], se andava in Spagna, ritornerebbe un'altra volta con tanto potere, che lo faria lo maggiore re de quelle parte, perchè era stato primo a voler farse Cristiano. Levando le mani al cielo, [il re] lo ringraziò e pregò [che] alcuni de li suoi rimanesse, acciò meglio lui e li suoi popoli fossero istruiti nella fede. Lo capitano rispose che per contentarlo li lasserebbe dui; ma voleva menar seco dui fanciulli de li principali, acciò imparassero la lingua nostra, e poi, a la ritornata, sapessero dire a questi altri le cose di Spagna.

Se mise una croce grande nel mezzo de la piazza. Lo capitano li disse [che], se si volevano far Cristiani, come avevano detto ne li giorni passati, li bisognava brusare tutti li suoi idoli, e nel luogo loro mettere una croce e ogni dì con le mani giunte adorarla e ogni mattina nel viso farsi lo segno de la Croce, mostrandoli come se faceva; e ogni ora, almeno de mattina, dovessero venire a questa croce e adorarla in genocchioni, e quel che avevano già detto, volesser con le buone opere confirmarlo. El re con tutti li altri volevano confirmare lo tutto. Lo capitano generale li disse come s'era vestito tutto de bianco per mostrarli lo suo sincero amore verso de loro. Risposero per le sue dolci parole non saperli respondere. Con queste buone parole lo capitano condusse lo re per la mano sul tribunale per battizzarlo, e disseli se chiameria don Carlo, como a l'imperatore suo signore; al re de Mazana Gioanni; a uno principale Fernando, come il principale nostro, cioè lo capitano; al Moro Cristoforo; poi a li altri a chi uno nome, a chi uno altro.

Foreno battizzati innanzi messa cinquecento uomini. Udita la messa, lo capitano convitò a disnar seco lo re con altri principali: non volsero; ne accompagnarono fino a la riva, le navi scaricarono tutte le bombarde; e abbracciandose presero commiato.

Dopo disnare el prete e alcuni altri andassemo in terra per battezzar la regina, la quale venne con quaranta dame. La conducessemo sopra lo tribunale, facendola sedere sovra un cuscino, e l'altre circa ella, fin che 'l prete s'apparò.

Le mostrai una immagine de la Nostra Donna, uno bambino di legno bellissimo e una croce: per il che le venne una contrizione che, piangendo, domandò lo battesimo. La nominassemo Giovanna, come la madre dello imperatore; sua figliola, moglie al principe, Caterina; la reina de Mazana Lisabetta; a le altre ognuna lo suo nome.

Battezzassemo ottocento anime fra uomini, donne e fanciulli. La regina era giovane e bella, tutta coperta d'uno panno bianco e nero: aveva la bocca e le onghie rossissime; in capo uno cappello grande de foglie de palma a modo de solana con una corona incirca de le medesime foglie, como quello del Papa: nè mai va in alcuno loco senza una de queste. Ne domandò il Bambino per tenerlo in loco de li suoi idoli; e poi se partì sul tardi. Il re e la reina con assaissime persone venerono al lido. Lo capitano allora fece tirare molte trombe de foco e bombarde grosse, per il che pigliarono grandissimo piacere. El capitano e lo re se chiamavano fratelli: questo re si chiamava rajà Humabon.

Innanzi passassero otto giorni furono battizzati tutti de questa isola, e de le altre alcuni. Brusassemo una villa, per non volere obbedire al re, nè a noi, la quale era in un'isola vicina a questa. Ponessemo quivi la croce, perchè questi popoli erano Gentili. Se fossero stati Mori li avessemo posto una collana in segno di più durezza, perchè li Mori sono assai più duri per convertirli, che a li Gentili.

In questi giorni lo capitano generale andava ogni dì in terra per udire messa e diceva al re molte cose della fede. La regina venne un giorno, con molta pompa, per udire la messa. Tre donzelle li andavano dinnanzi con tre de li sui cappelli in mano: ella era vestita de negro e bianco, con uno velo grande de seta, traversato con liste de oro, in capo, che li copriva le spalle, e con il suo cappello. Assaissime donne la seguivano, le quali erano tutte nude e discalze, se non [che] intorno alle parte vergognose havevano uno paniocolo de tela de palma e attorno lo capo uno velo piccolo e tutti li capelli sparsi. La regina, fatta la reverenza a l'altare, sedette sopra uno cuscino lavorato di seta. Innanzi se comenzasse la messa, il capitano la bagnò con alcune sue dame de acqua rosa muschiata: molto se dilettavano de tale odore. Sapendo lo capitano che 'l Bambino molto piaceva a la reina, gliel donò e le disse lo tenesse in loco de li sui idoli, perchè era in memoria del figlio di Dio. Ringraziandolo molto, lo accettò.

Uno giorno lo capitano generale, innanzi messa, fece venire lo re vestito con la sua vesta de seta e li principali de la città. Il fratello del re, padre del principe, se chiamava Bendara, un altro fratello del re, Cadaio, e alcuni Simiut, Sibnaia, Sicacai, e Maghelibe, e molti altri che lascio, per non esser longo. Fece tutti questi giurare obbedienza al suo re, e li basarono la mano; poi fece che 'l re [giurasse] d'essere sempre obbediente e fedele al re de Spagna: così lo giurò. Allora il capitano cavò la sua spada, innanzi l'immagine de Nostra Donna, e disse al re [che] quando cosi se giurava, più presto doveriasi morire che a rompere un simile giuramento: sicchè 'l giurava per questa immagine, per la vita de lo imperatore suo signore e per il suo abito, d'esserli sempre fedele.

Fatto questo, lo capitano donò al re una cattedra de velluto rosso, dicendoli [che] dovunque andasse, sempre la facesse portare dinanzi da uno suo propinquo, e mostròli come la si doveva portare. Respose lo farebbe volontier, per amore suo, e disse al capitano come faceva fare una gioia per donarlila, la qual era due schione d'oro grande per taccare a le orecchie, due per mettere a li brazi, sovra li gomiti, e due altre per porre a li piedi, sovra le calcagne, e altre pietre preziose per adornare le orecchie. Questi sono li più belli adornamenti [che] possono usare li re de queste bande, li quali sempre vanno descalzi, con uno panno de tela da la cinta fino al ginocchio.

Il capitano generale uno giorno disse al re e a li altri per qual cagione non brusavano li suoi idoli, come li avevano promesso, essendo Cristiani, e perchè se li sacrificava tanta carne. Resposero [che] quel che facevano non lo facevano per loro, ma per uno infermo, acciò li idoli li dasse la salute, lo quale non parlava già [da] quattro giorni. Era fratello del principe e lo più valente e savio de la isola. Lo capitano gli disse che brusassero li idoli e credesseno in Cristo: e se l'infermo se battizzasse, subito guarirebbe; e se ciò non fosse, gli tagliassero lo capo. Allora rispose lo re [che] lo farebbe, perchè veramente credeva in Cristo. Facessemo una processione da la piazza fino a la casa de lo infermo, al meglio potessemo, ove lo trovassemo che non poteva parlare nè moverse. Lo battezzassemo con due sue mogliere e X donzelle. Poi lo capitano gli fece dire come stava: subito parlò e disse come per la grazia de Nostro Signore stava assai bene.

Questo fu uno manifestissimo miracolo nelli tempi nostri. Quando lo capitano lo udì parlare, rengraziò molto Iddio: e allora li fece bevere una mandolata, che già l'aveva fatta fare per lui: poi mandógli uno matarazzo, uno paro de lenzoli, una coperta de panno giallo e uno cuscino: e ogni giorno, finchè fu sano, li mandò mandolati, acqua rosa, olio rosato e alcune conserve de zuccaro. Non stette cinque giorni, che 'l cominciò a andare: fece brusare uno idolo, che tenevano ascoso certe vecchie in casa sua, in presenza del re e tutto lo popolo. E fece disfare molti tabernacoli per la riva del mare, ne li quali mangiavano la carne consacrata. Loro medesimi gridando Castiglia! Castiglia! li rovinavano; e dissero, se Dio li prestava vita, brusarebbeno quanti idoli potesse[ro] trovare, e se bene fossero ne la casa del re.

Questi idoli sono de legno, concavi, senza le parti de dietro; hanno li brazzi aperti e li piedi voltati in suso, con le gambe aperte e lo volto grande, con quattro denti grandissimi come porci cingiari e sono tutti depinti.

In questa isola sono molte ville, li nomi de le quali e de li suoi principali sono questi: Cinghapola: li sui principali Cilaton, Cigubacan, Cimaningha, Cimatighat; Cimabul: una Mandani; il suo principale Apanovan: una Lalan, il suo principale Theten; una Lalutan, il suo principale Iapan, una Cilumai e un'altra Lubucun. Tutti questi ne obbedivano e ne davano vittuaglia e tributo.

Appresso questa isola de Zubu ne era una, che se chiama Matan, la qual faceva lo porto, dove èramo. Il nome de la sua villa era Matan, li sui principali Zula e Cilapulapu. Quella villa, che brusassemo, era in questa isola, e se chiamava Bulaia.

Acciò che Vostra illustrissima signoria sappia le cerimonie, che usano costoro, in benedire lo porco: primamente sonano quelle borchie grandi: poi se porta tre piatti grandi, due con rose e fogace de riso e miglio, cotte e rivolte in foglie, con pesce brustolato; l'altro con panni de Cambaia e due bandierette di palma. Uno panno de Cambaia se distende in terra: poi veneno due femmine vecchissime, ciascuna con un trombone di canna in mano. Quando sono montate sul panno, fanno reverenza al sole, poi se vestono con li panni. Una si pone un fazzolo ne la fronte con dui corni e piglia un altro fazzolo ne le mani, e ballando e sonando con quello, chiama il sole: l'altra piglia una di quelle bandierette e suona col suo trombone. Ballano e chiamano così un poco, fra sè dicendo molte cose al sole. Quella del fazzolo piglia l'altra bandieretta e lascia lo fazzolo; e ambedue sonando con li tromboni gran pezzo ballano intorno lo porco legato. Quella de li corni sempre parla tacitamente al sole, e quella altra risponde. Poi a quella de li corni li è presentato una tazza de vino, e ballando e dicendo certe parole e l'altra rispondendoli, e facendo vista quattro o cinque volte de bevere el vino, sparge quello sovra el core del porco, poi subito torna a ballare. A questa medesima vien dato una lancia; lei vibrandola e dicendo alquante parole, sempre tutte due ballando e mostrando quattro o cinque volte de dare con la lancia nel core del porco, con una subita prestezza lo passa da parte a parte. Presto si serra la ferita con erba. Quella che ha [am]mazzato il porco, ponendosi una torcia accesa in bocca, la smorza, la quale sta sempre accesa in questa cerimonia: l'altra col capo del trombone, bagnandolo nel sangue de porco, va [in]sanguinando con lo suo dito la fronte prima a li suoi mariti, poi a li altri; — ma non venerono mai a noi; — poi se disvesteno e vanno a mangiare quelle cose che sono ne li piatti, e convitano se non femmine.

Lo porco se pela con lo fuoco. Sicchè nissuno altro, che le vecchie, consacrano la carne di porco; e non la mangiariano, se non fosse morto de quella sorte.

Questi popoli vanno nudi; portano solamente uno pezzo de tela de palme attorno le sue vergogne. Grandi e piccoli hanno passato il suo membro, circa de la testa, da l'una parte all'altra con uno ferro de oro, ovvero de stagno, grosso come una penna de oca, e in uno capo e l'altro del medesimo ferro alcuni hanno come una stella, con punte sovra li capi, altri como una testa de chiodo da carro. Assaissime volte lo volsi vedere da molti, così vecchi come giovani, perchè non lo poteva credere. Nel mezzo del ferro è un buso per il quale urinano; il ferro e le stelle sempre stanno ferme. Loro dicono che le sue moglie voleno così, e, se fossero d'altra sorte, non usariano con elli. Quando questi voleno usare con le femmine, loro medesime lo pigliano non in ordine, e cominciano pian piano a mettersi dentro prima quella stella de sovra e poi l'altra. Quando è dentro, diventa in ordine, e così sempre sta dentro fin che diventa molle, perchè altramente non lo porriano cavare fuora. Questi popoli usano questo, perchè sono de debile natura.

Hanno quante moglie voleno, ma una principale. Se uno dei nostri andava in terra, così come de dì come de notte, ognuno lo convitava perchè mangiasse e bevesse. Le sue vivande sono mezze cotte e molto salate; bevono spesso e molto con quelli sui cannuti da li vasi; e dura cinque o sei ore uno suo mangiare. Le donne amavano assai più noi che questi. A tutte, da sei anni in su, li aprono la natura a poco a poco per cagion de quelli suoi membri.

Quando uno de li suoi principali è morto, li usano queste cerimonie: primamente tutte le donne principali de la terra vanno a la casa del morto: in mezzo de la casa sta lo morto in una cassa: intorno la cassa poneno corde, a modo d'uno steccato, ne le quali attaccano molti rami de arbore. In mezzo de ogni ramo è uno panno di bombaso a guisa di paviglione, sotto li quali sedeano le donne più principali, tutte coperte de panni bianchi de bombaso, con una donzella per ogni una, che le faceva vento con uno sparaventolo di palma; le altre sedeano intorno la camera meste; poi era una che tagliava a poco a poco con uno coltello li capelli al morto: un'altra, che era stata la moglie principale del morto, giaceva sovra lui e giungeva la sua bocca, le sue mani e li sui piedi con quelli del morto. Quando quella tagliava li capelli, questa piangeva, e quando restava di tagliarli, questa cantava. Attorno la camera erano molti vasi de porcellana con fuoco, e sopra quello, mirra, storace e belgiovì, che facevano olere la casa grandemente. Lo teneno in casa cinque o sei giorni con queste cerimonie — credo sia unto de canfora —; poi lo seppellisseno con la medesima cassa, serrata con chiodi de legno, in uno luogo coperto e circondato da legni.

Ogni notte in questa città, circa de la mezza notte, veniva uno uccello negrissimo, grande come uno corvo, e non era così presto ne le case che 'l gridava: per il che tutti li cani urlavano: e durava quattro o cinque ore quel suo gridare e urlare. Non ne volseno mai dire la cagione de questo.

Venere, a ventisei de aprile, Zula, principale de quella isola Matan, mandò uno suo figliuolo con due capre a presentarle al capitano generale e dicendoli come li mandava tutta sua promessa, ma per cagion de l'altro principale, Celapulapu, che non voleva obbedire al re di Spagna, non aveva potuto mandargliela: e che ne la notte seguente li mandasse solamente uno battello pieno de uomini, perchè lui li aiutaria e combatteria. Lo capitano generale deliberò de andarvi con tre battelli. Lo pregassemo molto non volesse vegnire, ma lui, come bon pastore, non volse abbandonare lo suo gregge. A mezza notte se partissemo sessanta uomini armati de corsaletti e celate, insieme al re cristiano, li principi e alcuni magistri, e venti o trenta [dei] balangai, e tre ore innanzi lo giorno arrivassemo a Matan. Lo capitano non volse combatter allora; ma li mandò a dire, per lo Moro, che se volevano obbedire al re di Spagna e recognoscere lo re cristiano per suo signore e darne lo nostro tributo, li sarebbe amico: ma, se volevano altramente, aspettasseno come ferivano le nostre lance. Risposero [che] se avevamo lance, [loro] avevano lance de canne brustolate e pali brustolati, e che non andassimo allora ad assaltarli, ma aspettassemo [che] venisse lo giorno, perchè sarebbono più gente.

Questo dicevano, a ciò [che] andassemo a ritrovarli, perchè avevano fatto certi fossi tra le case per farne cascar dentro. Venuto lo giorno, saltassemo ne l'acqua fino alle cosce quarantanove uomini; e così andassimo più di due tratti di balestra innanzi [che] potessimo arrivar al lito. Li battelli non poterono venire più innanzi per certe pietre che erano nell'acqua. Li altri undici uomini restarono per guardia de li battelli. Quando arrivassemo in terra, questa gente avevano fatto tre squadroni de più de millecinquecento persone. Subito, sentendone, ne venirono addosso con voci grandissime, due per fianco e l'altro per contro. Lo capitano, quando viste questo, ne fece due parti e così cominciassemo a combattere. Li schioppettieri e balestrieri tirarono da lungi quasi mezza ora invano, solamente passandoli li targoni fatti de tavole sottili e li brazzi. Lo capitano gridava "non tirare, non tirare", ma non li valeva niente. Quando questi visteno che tiravamo li schioppetti invano, gridando deliberarono a star forte, ma molto più gridavano. Quando erano descaricati li schioppetti, mai non stavano fermi, saltando de qua e de là: coperti con li sui targoni ne tiravano tante frecce, lance de canna (alcune de ferro al capitano generale), pali pontini brustolati, pietre e lo fango, [che] appena se potevamo defendere.

Vedendo questo, lo capitano generale mandò alcuni a brusare le sue case per spaventarli. Quando questi visteno brusare le sue case, diventarono più feroci. Appresso de le case furono ammazzati due de li nostri, e venti, o trenta case li brusassemo; ne venirono tanti addosso, che passarono con una frezza venenata la gamba dritta al capitano: per il che comandò che se retirassimo a poco a poco: ma loro fuggirono, sicchè restassimo da sei o otto con lo capitano.

Questi non ne tiravano in altro, se non a le gambe, perchè erano nude. Per tante lancie e pietre che ne traevano non potessemo resistere. Le bombarde de li battelli, per esser troppo lungi non ne potevano aiutare; sì che venissemo retirandosi più de una buona balestrata lungi dalla riva, sempre combattendo ne l'acqua fino al ginocchio. Sempre ne seguitorno e ripigliando una medesima lancia quattro o sei volte, ne la lanciavano. Questi, conoscendo lo capitano, tanti se voltorono sopra de lui, che due volte li buttarono lo celadone fora del capo; ma lui, come buon cavaliero, sempre stava forte. Con alcuni altri più de una ora così combattessemo e, non volendosi più ritirare, uno Indio li lanciò una lanza de canna nel viso. Lui subito con la sua lancia lo ammazzò e lasciogliela nel corpo; volendo dar di mano alla spada, non potè cavarla, se non mezza per una ferita de canna [che] aveva nel brazzo. Quando visteno questo tutti andorono addosso a lui: uno con un gran terciado (che è come una scimitarra, ma più grosso), li dette una ferita nella gamba sinistra, per la quale cascò col volto innanzi. Subito li furono addosso con lancie de ferro e de canna e con quelli sui terciadi, fin che lo specchio, il lume, el conforto e la vera guida nostra ammazzarono.

Quando lo ferivano, molte volte se voltò indietro per vedere se èramo tutti dentro ne li battelli: poi, vedendolo morto, al meglio [che] potessemo, feriti, se ritrassemo a li battelli, che già se partivano. Lo re cristiano ne avrebbe aiutato, ma lo capitano, innanzi [che] desmontassimo in terra, gli commise [che] non si dovesse partire dal suo balangai e stesse a vedere in che modo combattevamo. Quando lo re seppe come era morto, pianse.

Se non era questo povero capitano, niuno de noi si salvava ne li battelli, perchè, quando lui combatteva, gli altri si salvavano ne li battelli.

Spero in Vostra signoria illustrissima [che] la fama di uno sì generoso capitano non debba essere estinta ne li tempi nostri. Fra le altre virtù, che erano in lui, era lo più costante in una grandissima fortuna che mai alcuno altro fosse al mondo: sopportava la fame più che tutti gli altri, e più giustamente che uomo fosse al mondo carteava e navigava, e, se questo fu il vero, se vede apertamente, niuno altro avere avuto tanto ingegno nè ardire di saper dare una volta al mondo come già quasi lui aveva dato. Questa battaglia fu fatta al sabato ventisette de aprile 1521 (il capitano la volse fare in sabato, perchè era lo giorno suo devoto), ne la quale foreno morti con lui otto de li nostri e quattro Indii, fatti cristiani, da le bombarde de li battelli, che erano dappoi venuti per aiutarne; e de li nemici se non quindici, ma molti de noi feriti.

Dopo disnare lo re cristiano mandò a dire con lo nostro consentimento a quello de Matan, se ne volevano dare lo capitano con li altri morti, che li daressimo quanta mercadanzia volessero. Risposero [che] non se dava un tale uomo, como pensavamo, e che non lo darebbono per la maggior ricchezza del mondo: ma lo volevano tenere per memoria sua.

Subito che fo morto lo capitano, quelli quattro che stavano nella città per mercadantare, fecero portare le nostre mercanzie alle navi. Poi facessimo dui governatori, Duarte Barbosa, portoghese, parente del capitano e Giovan Serrano, spagnolo. L'interprete nostro, che se chiamava Enrique, per essere uno poco ferito non andava più in terra per fare le cose nostre necessarie, ma stava sempre ne la schiavina. Per il che Duarte Barbosa, governatore de la nave capitana, li gridò e dissegli [che], sebbene è morto lo capitano suo signore, per questo non era libero; anzi voleva, quando fossimo arrivati in Ispagna [che] sempre fosse schiavo de madonna Beatrice, moglie del capitano generale, e minacciandolo [che], se non andava in terra, lo frusteria. Lo schiavo si levò e mostrò de non far conto di queste parole, e andò in terra a dire al re cristiano come se volevano partire presto; ma, se lui voleva fare a suo modo, guadagneria le nave e tutte le nostre mercadanzie; e così ordinorono uno tradimento. Lo schiavo ritornò alla nave e mostrò essere più facente de prima.

Mercole mattina, primo de maggio, lo re cristiano mandò a dire a li governatori, come erano preparate le gioie, [che] aveva promesso de mandare al re de Spagna, e che li pregava con li altri suoi andassero [a] disnar seco quella mattina, che li le darebbe. Andorono 24 uomini in terra. Con questi andò lo nostro astrologo, che se chiamava San Martin de Seviglia. Io non li potei andare, perchè era tutto enfiato per una ferita de frezza velenata che aveva ne la fronte. Giovan Carvaio con lo barizello tornorono indietro e ne dissero come visteno colui [che era stato] resanato per miracolo menare lo prete a casa sua, e per questo s'erano partiti; perchè dubitavano de qualche male. Non dissero così presto le parole, che sentissemo grandi gridi e lamenti. Subito levassemo l'ancore; e tirando molte bombarde ne le case se appropinquassemo più a la terra: e così tirando, vedessemo Giovan Serrano, in camisa, legato e ferito, gridare non dovessimo più tirare, perchè l'ammazzerebbono. Li domandassemo se tutti gli altri con lo interprete erano morti: disse [che] tutti erano morti, salvo l'interprete. Ne pregò molto lo dovessemo rescattare con qualche mercadanzia: ma Gioan Carvaio, suo compare, non volsero per restare loro padroni, andasse lo battello in terra.

Ma Gioan Serrano, pur piangendo, ne disse che non averessemo così presto fatto vela, che l'averiano ammazzato e disse che pregava Iddio [che], nel giorno del giudizio, dimandasse l'anima sua a Gioan Carvaio, suo compare. Subito se partissemo; non so se morto o vivo lui restasse.

In questa isola se trova cani, gatti, riso, miglio, panico, sorgo, zenzero, fichi, naranzi, limoni, canne dolci, aglio, miel, cocchi, chiacare, zucche, carne de molte sorte, vino de palma e oro: è grande isola con un buon porto che ha due entrate, una al ponente, l'altra al greco e levante. Sta de latitudine al polo Artico in X gradi de longitudine dalla linea de la ripartizione centosessantaquattro gradi e se chiama Zubu. Quivi, innanzi che morisse lo capitano, avessimo nova de Maluco. Questa gente sonano de viola con corde de rame.

VOCABOLI DE QUESTI POPOLI GENTILI

All'uomo — lac

A la donna — paranpoan

A la giovane — beni beni

A la maritata — babay

A li capelli — bo ho

Al viso — guay

A le palpebre — pilac

A le ciglie — chilei

A l'occhio — matta

Al naso — ilon

A le mascelle — apin

A li labbri — olol

A la bocca — baba

A li denti — nipin

A le gengive — leghex

A la lingua — dilla

A le orecchie — delengan

A la gola — liogh

Al collo — tangip

Al mento — cheilan

A la barba — bonghot

A le spalle — bagha

A la schiena — licud

Al petto — dughan

Al corpo — tiam

Sotto li bracci — ilot

Al braccio — botchen

Al gomito — sico

Al polso — molangai

A la mano — camat

A la palma de la mano — palan

Al dito — dudlo

A la unghia — coco

All'ombelico — pusut

Al membro — utin

A li testicoli — boto

A la natura delle donne — billat

All'usar con loro — tiam

A le culatte — samput

A la coscia — paha

Al ginocchio — tuhad

A lo stinco — bassag bassag

A la polpa della gamba — bitis

A la caviglia — bolbol

Al calcagno — tiochid

A la suola del piè — lapa lapa

All'oro — balaoan

All'argento — pilla

Al laton — concach

Al ferro — butan

Alle canne dolci — tube

Al cuchiaro — gandan

Al riso — bughax baras

Al miele — deghex

A la cera — talho

Al sale — acin

Al vino — tuba nio nipa

Al bere — minuncubil

Al mangiare — macan

Al porco — babui

A la capra — candin

A la gallina — monoch

Al miglio — humas

Al sorgo — batat

Al panico — dana

Al pevere — manissa

A li garofoli — chianche

A la cannella — mana

Al zenzero — luia

A l'aglio — laxuna

A li naranzi — achua

All'ovo — silog

Al cocco — lubi

A l'aceto — zucha

A l'acqua — tubin

Al fuoco — claio

Al fumo — assu

Al soffiare — tigban

Alle bilance — tinban

Al peso — tahil

A la perla — mutiara

A la madre de le perle — tipai

Al male de santo Job — alupalan

Pòrtame — palatin comorica

A certe focacce de riso — tinapai

Buono — maiu

Non — tidale

Al coltello — capol sundan

A le forbici — catle

A tosare — chuntich

All'uomo ben ornato — pixao

A la tela — bulandan

A li panni che se coprono — abaca

Al sonaglio — colon colon

A li paternostri d'ogni sorte — tacle

Al pettine — cutlei missamis

Al pettinare — monsugud

A la camicia — sabun

A la gugia de cusire — dagu

Al cucire — mamis

A la porcellana — moboluc

Al cane — aian ydo

Al gatto — epos

A li sui veli — ghapas

A li cristallini — balus

Vien qui — marica

A la casa — ilaga balai

Al legname — tatamue

A le store dove dormeno — taghichan

A le store de palme — bani

A li cuscini de foglie — uliman

A li piatti de legno — dulan

Al suo Iddio — Abba

Al Sole — adlo

A la luna — songhot

A le stelle — bolan burthun

A la aurora — mone

A la mattina — vema

A la tazza — tagha

Grande — bassal

A l'arco — bossugh

A la frezza — oghon

A li targoni — calassan

A le vesti imbottite per combatter — baluti

A li suoi terziadi — campilan

A le sue daghe — calix baladao

A la lancia — bancan

A li fichi — haghin

A le zucche — baghin

El sale — tuan

A le corde de le sue viole — gatzap

Al fiume — tau

Al rezzaglio per pescare — pucat laia

Al battello — sanpan

A le canne grandi — canaghan

A le piccole — bonbon

A le sue barche grandi — balanghai

A le sue barche piccole — boloto

A li granchi — cuban

Al pesce — isam yssida

A un pesce tutto dipinto — panap sapan

A un altro rosso — timuan

A un certo altro — pilax

A un altro — emalvan

Tutto e uno — siama siama

A uno schiavo — bonsul

A la forca — bolli

A la nave — benaoa

A uno re o capitano generale — raià.

NUMERI

Uno — uzza

Due — dua

Tre — tolo

Quattro — upat

Cinque — lima

Sei — onom

Sette — pitto

Otto — qualu

Nove — siam

Dieci — polo.

Lungi disdotto leghe de questa isola Zubu, al capo de quell'altra, che se chiama Bohol, brusassemo in mezzo de questo arcipelago la nave Conceptione per essere restati troppo pochi e fornissemo le altre due de le cose sue migliore. Pigliassemo poi la via del garbin e mezzodì costando la isola, che se dice Panilonghon, nella quale sono uomini negri, come sono in Etiopia. Poi arrivassemo a una isola grande, lo re della quale per far pace con noi se cavò sangue de la mano sinistra, sanguinandose lo corpo, lo volto e la cima della lingua in segno de maggior amicizia. Così facessemo anche noi. Io solo andai con lo re in terra per vedere questa isola. Subito che entrassimo in uno fiume, molti pescatori presentarono pesce al re; poi lo re se cavò li panni, che aveva intorno le sue vergogne, con alcuni suoi principali, e cantando cominciorono a vogare, passando per molte abitazioni, che erano sovra lo fiume. Arrivassemo a due ore de notte in casa sua. Dal principio de questo fiume, dove stavano le navi, fino a la casa del re erano due leghe.

Entrando ne la casa ne venirono incontro [con] molte torce de canna e de foglie de palma. Queste torce erano de anime, come detto de sovra. Finchè se apparecchiò la cena, lo re con dui principali e due sue femmine belle beverono uno gran vaso de vino pieno, de palma, senza mangiare niente. Io, escusandomi avere cenato, non volsi bere se non una volta. Bevendo, facevano tutte le cerimonie come el re de Mazana.

Venne poi la cena di riso e pesce molto salato, posto in scodelle de porcellana. Mangiavano lo riso per pane. Cociono lo riso in questo modo: prima mettono dentro in pignatte de terra come le nostre una foglia grande, che circunda tutta la pignata; poi li mettono l'acqua e il riso coprendola: la lasciano bollire fin che viene lo riso duro come pane; poi la cavano fuora in pezzi. In tutte queste parti cociono lo riso in questa sorte.

Cenato che avessemo, lo re fece portare una stora de canne con un'altra de palme e uno cuscino de foglie, acciò io dormisse sovra queste. Il re con le due femmine andò a dormire in uno luoco separato: dormì con uno suo principale. Venuto il giorno, mentre si apparecchiò lo disnare, andai per questa isola. Vidi in queste loro case assai masserizie de oro e poca vettovaglia. Poi disnassimo riso e pesce. Finito lo disnare, dissi al [re] con segni [che] vederia la regina: me rispose [che] era contento. Andassemo de compagnia in cima de uno alto monte, dove era la casa della reina. Quando entrai in casa, le feci la reverenza e lei così verso de me; sedetti appresso a ella, la quale faceva una stora de palma, per dormire. Per la casa sua erano attaccati molti vasi de porcellana e quattro borchie de metallo, una maggiore dell'altra e due più piccole, per sonare. Gli erano molti schiavi e schiave, che la servivano.

Queste case sono fatte come le altre già dette. Pigliata licenza, tornassemo in casa del re. Subito fece darne una colazione de canne dolce. La maggior abbondanza che sia in questa isola è de oro: mi mostrarono certi valloni, facendomi segno che in quelli era tanto oro come li sui capelli, ma non hanno ferro per cavarlo, nè anche voleno quella fatica.

Questa parte de la isola è una medesima terra con Butuan e Calogan e passa sopra Bohol e confina con Mazana. Perchè torneremo una altra fiata in questa isola, non dico altro.

Passato mezzodì, volsi tornare a le navi; el re volse venire li altri principali; e così venissemo nel medesimo balangai. Retornando per lo fiume, vidi, a man dritta, sopra un monticello tre uomini appiccati a uno arbore, che aveva tagliati li rami. Domandai al re chi erano quelli; respose che erano malfattori e robatori. Questi populi vanno nudi come li altri de sopra. Lo re se chiama raià Calanao. El porto è buono: e quivi se trova riso, zenzero, porci, capre, galline e altre cose. Sta de latitudine al polo Artico in 8 gradi e 167 de longitudine della linea ripartizionale, e longi de Zubu cinque leghe e se chiama Chipit. Due giornate de qui, al maestrale, se trova una isola grande detta Lozon, dove vanno ogni anno sei, ovver otto giunche de li popoli Lechii.

Partendone de qui a la mezza partita de ponente e garbin, dessemo in una isola non molto grande e quasi disabitata. La gente de questa sono Mori e erano banditi d'una isola detta Burne. Vanno nudi come li altri: hanno zarabotane con li carcassetti a lato piene di frezze e con erba venenata; hanno pugnali con li manichi ornati de oro e de pietre preziose; lancie, rodelle e corazzine de corno de bufalo. Ne chiamavano corpi santi. In questa isola se trova poca vettovaglia, ma arbori grandissimi. Sta de latitudine al polo Artico in 7 gradi e mezzo lungi da Chippit quarantatre leghe; e chiamase Caghaian.

A quest'isola, circa de venticinque leghe tra ponente e maestrale, trovassemo una isola grande, dove si trova riso, zenzero, porci, capre, galline, fichi longhi mezzo braccio e grossi come lo braccio — sono buoni e alcuni altri, longhi un palmo e altri manco, molto migliori de tutti li altri — cocchi, batate, canne dolci, radici come rapi al mangiare, e riso cotto sotto lo fuoco in canne o in legno. Questa terra potevamo chiamare la terra de promissione, perchè innanzi [che] la trovassimo pativamo gran fame. Assai volte stessemo in forse se abbandonare le navi e andare in terra, per non morire de fame. Lo re fece pace con noi, tagliandose un poco con uno nostro coltello in mezzo del petto, e sanguinando se toccò la lingua e la fronte in segno di più vera pace: così fecemo anche noi. Questa isola sta de latitudine al polo Artico in 9 gradi e uno terzo, e cento e settantauno e uno terzo de longitudine de la linea [di] ripartizione [e si chiama] Pulaoan.

Questi popoli de Pulaoan vanno nudi come li altri. Quasi tutti lavorano li sui campi: hanno cerebottane con frezze de legno grosse più d'un palmo, arpionate e alcune con spine de pesce con erba venenata e altre con punte de canne arpionate e venenate.

Hanno nel capo ficcato un poco de legno molle in cambio de le penne. Nel fine delle sue cerebottane legano uno ferro, come di iannettone e, quando hanno tratte le frezze, combatteno con questo.

Preziano anelli, catenelle di ottone, sonagli, coltelli, e più el filo de rame per legare li sui ami da pescare. Hanno galli grandi molto domestici; non li mangiano per una certa sua venerazione: alcuna volta li fanno combattere l'uno con l'altro; e ogni uno mette per lo suo un tanto, e poi de colui, che è suo il vincitore, è suo il premio. E hanno vino de riso lambiccato più grande e megliore di quello de palma.

Lungi da questa isola dieci leghe, al garbin, dessemo in un'isola e, costeandola, ne pareva alquanto ascendere. Intrati nel porto, ne apparve el Corpo Santo per un tempo oscurissimo. Dal principio de questa isola fino al porto vi sono cinquanta leghe. Lo giorno seguente, a nove de luglio, lo re de questa isola ne mandò uno prao molto bello con la prora e la poppa lavorata de oro: era sopra la prora una bandiera de bianco e azzurro con penne de pavone; in cima alcuni sonavano con sinfonie e tamburi. Venivano con questo prao due almadie. Li prao sono come fuste e le almadie sono le sue barche da pescare. Otto uomini vecchi de li principali entrorono ne le navi e sederono ne la poppa sopra uno tappeto. Ne appresentarono un vaso de legno depinto, pieno de betre e areca, che è quel frutto che masticano sempre, con fiori de gelsomini e de naranzi, coperto da uno panno de seta giallo; due gabbie piene de galline, uno paro de capre, tre vasi pieni de riso lambiccato e alquanti fasci de canne dolci — e così dettero a l'altra nave — e abbracciandone pigliarono licenza. El vino de riso è chiaro come l'acqua, ma tanto grande che molti de li nostri s'embriacarono; e lo chiamano arach.

De lì a sei giorni lo re mandò un'altra volta tre prao con molta pompa, sonando sinfonie, tamburi e borchie de lattone. Circondorono le navi e ne fecero reverenza con certe sue berrette de tela, che li coprono solamente la cima del capo. Li salutassemo con le bombarde senza pietre. Poi ne dettero uno presente de diverse vivande solamente de riso: alcune in foglie fatte in pezzi alquanto lunghi, alcune come pani di zuccaro e alcune fatte a modo de torte con ovi e miele. Ne dissero como lo suo re era contento pigliassemo acqua e legna e contrattassemo al nostro piacere.

Udendo questo, montassemo sette de nui altri sopra lo prao e portassemo uno presente al re, el quale era una vesta de velluto verde a la turchesca, una cattedra de velluto morello, cinque braccia de panno rosso, uno bonet, e uno bicchier dorato, uno vaso de vetro coperto, tre quinterni de carta e uno calamaro dorato; a la regina tre braccia de panno giallo, uno paro de scarpe argentate, uno gucchiarolo d'argento pieno de guggie; al governatore tre braccia de panno rosso, uno bonnet e uno bicchier dorato; al re d'arme, che era venuto nelli prao, li dessemo una veste de panno rosso e verde a la turchesca, uno bonnet e uno quinterno de carta: a li altri sette principali, a chi tela, a chi bonetti, e a ognuno uno quinterno de carta: e subito se partissimo.

Quando giungessemo a la città, stessero forse due ore ne li prao, finchè venirono due elefanti coperti de seta e dodici uomini con uno vaso per uno de porcellana coperto de seta per coprire [i] nostri presenti: poi montassemo sopra gli elefanti, e questi dodici uomini andavano dinnanzi con li presenti ne li vasi. Andassemo così fino a la casa del governatore, ove ne fu data una cena de molte vivande. La notte dormissemo sovra materazzi de bambaso: la sua fodera era de taffetà; li lenzoli de Cambaia.

Lo giorno seguente stessimo in casa fino a mezzodì: poi andassemo al palazzo del re sovra elefanti, con li presenti dinnanzi, come lo giorno davanti, da casa del governatore fin in casa del re. Tutte le strade erano piene de uomini con spade, lancie e targoni, perchè così aveva voluto lo re.

Intrassemo sovra li elefanti ne la corte del palazzo: andassemo su per una scala accompagnati dal governatore e altri principali, e intrassemo in una sala grande, piena di molti baroni, ove sedessemo sopra un tappeto, con li presenti ne li vasi appresso noi. Al capo de questa sala ne è un'altra più alta, ma alquanto più piccola, tutta ornata de panni de seta, ove se aprivano due finestre con due cortine de broccato, da le quali veniva la luce nella sala. Ivi erano trecento uomini in piede, con stocchi nudi sovra la coscia, per guardia del re. Al capo de questa era una grande fenestra, da la quale se tirò una cortina de broccato.

Dentro de questa vedessimo il re sedere a tavola con uno suo figlio piccolino e masticare betre; dietro de lui erano se non donne. Allora ne disse uno principale [che] noi non potevamo parlare al re; e se volevamo alcuna cosa, lo dicessemo a lui, perchè lo direbbe a uno più principale, e quello a uno fratello del governatore, che stava nella sala più piccola, e poi lui lo direbbe con una cerbottana, per una fessura della parete, a uno che stava dentro con lo re. E ne insegnò dovessemo fare al re tre reverenzie con le mani gionte sopra lo capo, alzando li piedi, mo' uno, mo' l'altro, e poi le basassemo. Così fu fatto. Questa è la sua reverenzia reale.

Gli dicessemo come èramo del re de Spagna e che lui voleva pace seco, e non domandavamo altro, salvo potere mercadantare. Ne fece dire el re, [che] poichè il re di Spagna voleva essere suo amico, lui era contentissimo de esser suo, e disse [che] pigliassemo acqua e legna e mercadantassemo a nostro piacere. Poi li dessemo li presenti: faceva d'ogni cosa con lo capo un poco de reverenzia.

A ciascuno de noi altri fu dato broccatello e panni de oro e de seta, ponendoli sopra la spalla sinistra, ma poco lasciandonegli. Ne dettero una colazione de garofoli e cannella. Allora forono tirate le cortine e serrate le fenestre.

Li uomini che erano nel palazzo, tutti avevano panni de oro e de seta intorno a le loro vergogne, pugnali con lo manico de oro e ornati de perle e pietre preziose, e molti anelli ne le mani.

Ritornassemo sovra li elefanti a la casa del governatore: sette uomini portarono il presente del re sempre dinnanzi.

Quando fossimo gionti a casa dereno a ognuno lo suo e ne 'l misero sovra la spalla sinistra: a li quali, per [la] sua fatica, donassemo a ciascheduno uno paro de coltelli. Venirono in casa del governatore nove uomini con altri tanti piatti de legno grandi da parte del re. In ogni piatto erano X, ovvero dodici scodelle de porcellana, piene de carne de vitello, de capponi, galline, pavoni e altri animali, e de pesce. Cenassemo in terra, sovra una stora de palma, de trenta a trentadue sorte de vivande de carne, eccetto lo pesce, e altre cose. Bevevamo a ogni boccone pieno uno vasetto de porcellana, grande come uno ovo, de quel vino lambiccato: mangiassemo riso e altre vivande de zuccaro con cucchiari d'oro come li nostri.

Ove dormissemo le due notti, stavano due torcie de cera bianca, sempre accese, sovra dui candelieri d'argento, un poco alti, e due lampade grande piene d'olio, con quattro pavèri per ogni una, e dui uomini che sempre le spavillavano.

Venissemo sovra li elefanti sovra la riva del mare, dove furono dui prao, che ne condussero a le navi.

Questa città è tutta fondata in acqua salsa, salvo la casa del re e alcune de certi principali; ed è de venticinque mila fochi. Le case sono tutte de legno, edificate sopra pali grossi, alti da terra. Quando lo mare cresce, vanno le donne per la terra con barche vendendo cose necessarie al suo vivere. Dinnanzi la casa del re è uno muro de quadrelli grosso, con barbacani a modo de fortezza, nel quale erano cinquantasei bombarde de metallo e sei de ferro. In li due giorni [che] stessemo ivi, [ne] scaricarono molte.

Questo re è moro e se chiama Siripada. Era de quaranta anni e grasso. Niuno lo governa, se non donne, figliuole de li principali. Non si parte mai fuora del palazzo, se non quando va a la caccia: niuno gli può parlare, se non per cerbottane; tiene X scrivani, che scrivono le cose sue in scorze de arbore molto sottili. A questi chiamano xiritoles.

Luni mattina, a ventinove di luglio, vedessimo venire contra noi più che cento prao, partiti in tre squadroni, con altrettanti tunguli, che sono le sue barche piccole. Quando vedessimo questo, pensando fosse qualche inganno, ne dessemo lo più presto possibile a la vela, e per pressa lasciassemo una ancora. E molto più ne dubitavamo de essere tolti in mezzo da certe giunche, che nel giorno passato restarono dopo noi.

Subito se voltassimo contro questi e ne pigliassimo quattro, ammazzando molte persone. Tre o quattro giunche fuggirono in secco. In uno di quelli che pigliassimo era lo figliuolo del re della isola di Lozon. Costui era capitano generale de questo re de Burne e veniva con queste giunche da una villa grande, detta Laoc, che è in capo de questa isola verso Giava maggiore la quale, per non voler obbedire a questo re, ma a quello de Giava Maggiore, la aveva ruinata e saccheggiata.

Giovan Carvajo, nostro piloto, lasciò andare questo capitano e la giunca senza nostro consentimento per certa quantità de oro, come dappoi sapessimo. Se non lassava questo re, lo capitano ne avaria dato tutto quello che avessemo domandato, perchè questo capitano era molto temuto in queste parti, ma più dai Gentili, perciò [che] sono inimicissimi di questo re moro. In questo porto c'è un'altra città de Gentili, maggiore di quella de li Mori, fondata anch'essa in acqua salsa, per il che ogni giorno questi due popoli combattono insieme nel medesimo porto. Il re gentile è potente come lo re moro, ma non tanto superbo; facilmente se convertirebbe a la fede de Cristo.

Il re moro, quando aveva inteso in che modo avevamo trattati li giunchi, ne mandò a dire, per uno de li nostri che erano in terra, come li prao non venivano per farne dispiacere, ma andavano contro li Gentili, e per verificazione di questo li mostrarono alcuni capi de uomini morti e li dissero che erano de Gentili.

Mandassimo dire al re [che] li piacesse lasciare venire li nostri due uomini, che stavano ne la città per contrattare, e lo figliolo de Giovan Carvaio, che era nasciuto ne la terra del Verzin; ma lui non volse. De questo fo cagione Gioan Carvaio per lasciare quel capitano.

Retenessimo sedici uomini più principali per menarli in Ispagna e tre donne in nome de la Regina di Spagna; ma Gioan Carvaio le usurpò per sue.

I giunchi sono le sue navi, e fatte in questo modo: lo fondo è circa due palmi sovra l'acqua e [è] di tavole con caviglie di legno assai ben fatto: sopra di questo sono tutte di canne grossissime per contrappeso: porta uno de questi tanta roba come una nave; li sui alberi sono de canne e le vele de scorza de albero.

La porcellana sorte de terra bianchissima e sta cinquanta anni sotto terra innanzi [che] la si adoperi, perchè altramente non saria fina. Lo padre la sotterra per lo figliolo. Se 'l pone [veleno] in un vaso de porcellana fino, subito si rompe.

La moneta che adoperano li Mori in questa parte è di metallo, sbusata nel mezzo per infilzarla, ed ha solamente da una parte quattro segni, che sono lettere del gran re della China e la chiamano picis.

Per uno chatil de argento vivo che è due libbre delle nostre, ne davano sei scodelle de porcellana: per uno quinterno de carta cento picis; per centosessanta chatili uno vasetto de porcellana; per tre coltelli, uno vaso de porcellana; per 160 chatili de metallo un bahar de cera, che è duecento e tre chatili; per ottanta chatili de metallo, uno bahar de sale; per quaranta chatili de metallo, uno bahar de anime per conciar le navi, perchè in queste parte non si trovano pegola.

Venti tahil fanno un chatil. Quivi si apprezza metallo, argento vivo, vetro, cenaprio, panni de lana, tele e tutte le altre nostre merci, ma più lo ferro e li occhiali. Questi Mori vanno nudi come li altri; bevono l'argento vivo; lo infermo lo beve per purgarse, e lo sano per restare sano.

Il re de Burne ha due perle grosse come dui ovi de gallina, e sono tanto rotonde che non ponno fermarse sopra una tavola; e questo so certo, perchè, quando li portassemo li presenti, gli fu fatto segno ne le mostrasse; lui disse le mostrerebbe. L'altro giorno poi alcuni principali ne dissero loro averle vedute.

Questi Mori adorano Maometto e la sua legge; non mangiar carne di porco; lavarsi il culo con la mano sinistra; non mangiare con quella; non tagliare cosa alcuna con la destra; sedere quando urinano; non ammazzare galline nè capre, se prima non parlano al sole; tagliare alle galline la cima delle ali con le sue pellesine, che li avanzano de sotto, e poi i piedi, e poi squartarla per mezzo; lavarse lo volto con la mano dritta; non lavarse li denti con li diti e non mangiare cosa alcuna ammazzata se non da loro. Sono circoncisi come li Giudei.

In questa isola nasce la canfora, specie di balsamo, la quale nasce tra gli albori; e la scorza è minuta come le cipolle. Se la se tiene discoperta, a poco a poco diventa niente; e la chiamano capor. Lì nasce cannella, zenzero, mirabolani, naranci, limoni, chiacare, meloni, cocomeri, zucche, rafani, cevolle, scarlogne, vacche, bufali, porci, capre, galline, oche, cervi, elefanti, cavalli e altre cose. Questa isola è tanto grande, che si sta a circondarla con uno prao tre mesi; sta di latitudine al polo Artico in cinque gradi e uno quarto e in cento e settantasei e due terzi de longitudine da la linea de repartizione, e se chiama Burne.

Partendone da questa isola tornassemo indietro per trovare un luogo atto per conciare le navi, perchè facevano acqua. Una nave, per poco vedere del suo piloto, dette in certi bassi d'una isola detta Bibalon, ma con l'aiuto de Dio la liberassimo. Uno marinaro de quella nave, non avvedendosene, despavillò una candela in un barile pieno de polvere de bombarda; subito la tolse fora senza danno nissuno. Seguendo poi lo nostro cammino, pigliassemo uno prao pieno de cocchi, che andava a Burne. Gli uomini fuggirono in un'isoletta. Finchè pigliassimo questo, tre altri fuggirono de dietro da certe isolette.

Al capo de Burne, fra questa e una isola detta Cimbonbon, che sta in otto gradi e sette minuti, è un porto perfetto per conciare navi, per il che entrassimo dentro, e per [non] avere troppo le cose necessarie per conciare le navi, tardassemo quarantadue giorni.

In questi giorni ognuno de noi se affaticava, chi in una cosa, chi in un'altra; ma la maggior fatica [che] avevamo, era andar a far legna ne li boschi senza scarpe. In questa isola son porci selvatici; ne ammazzassemo uno di questi con lo battello ne l'acqua, passando de un'isola in un'altra, lo quale aveva lo capo longo due palmi e mezzo e li denti grandi. Ci sono coccodrilli grandi, così de terra come de mare, ostriche e cappe de diverse sorte. Fra le altre ne trovassemo due, la carne dell'una pesò ventisei libbre, e l'altra quarantaquattro. Pigliassemo uno pesce, che aveva lo capo come uno porco, con due corni: el suo corpo era tutto d'un osso solo; aveva sopra la schiena come una sella ed era piccolo. Ancora qui se trova arbori che fanno le foglie, [che] quando cascano sono vive e camminano. Quelle foglie sono, nè più nè meno, come quelle del moraro, ma non tanto lunghe. Appresso il pegollo, da una parte e dall'altra, hanno due piedi; il pegollo è corto e pontino; non hanno sangue, e chi le cocca, fuggono. Io ne tenni una nove giorni in una scatola. Quando la apriva, questa andava intorno intorno per la scatola. Non penso viveno de altro se non de aria.

Essendo partiti de questa isola, cioè del porto, nel capo de questa isola Pulaoan incontrassemo uno giunco, che veniva da Burne, nel quale era lo governatore de Pulaoan. Li facessimo segno ammainasse le vele e lui non volendo ammainare, lo pigliassemo per forza e lo saccheggiassimo. Se il governatore volse esser libero, ne dette, in termine de sette giorni, quattrocento misure de riso, venti porci, venti capre e centocinquanta galline; poi ne presentò cocchi, fichi, canne dolci, vasi de vino de palma e altre cose. Vedendo noi la sua liberalità, gli rendessimo alcuni sui pugnali e archibusi; poi li donassimo una bandiera, una vesta de damasco giallo e XV braccia de tela: a uno suo figliolo una cappa de panno azzurro, e a un suo fratello del governatore una vesta de panno verde e altre cose.

Se partissemo da lui come amici e tornassimo indietro, fra la isola de Cagaian e quel porto de Chippit, pigliando lo cammino a la quarta del levante verso scirocco per trovare le isole de Maluco. Passassemo per certi monticelli, circa de li quali trovassemo lo mare pieno de erbe con lo fondo grandissimo. Quando passavamo per questi ne pareva entrare per un altro mare. Restando Chippit al Levante, trovassemo due isole, Zolo e Taghima al ponente appresso de le quale nascono le perle. Le due del re di Burne furono trovate quivi; e le ebbe, come ne fu riferito, in questo modo: Questo re pigliò per moglie una figliuola del re di Zolo, la quale gli disse come suo padre aveva queste due perle. Costui si deliberò averle in ogni modo. Andò una notte con cinquecento prao e pigliò lo re con due suoi figliuoli e menolli a Burne. Se 'l re de Zolo se volse liberare, li fu forza dargli le due perle.

Poi al levante, quarta di greco, passassemo tra due abitazioni, dette Cavit e Subanin e una isola abitata, detta Monoripa, lungi X leghe da li monticelli. La gente de questa hanno loro case in barche e non abitano altrove. In quelle due abitazioni de Cavit e Subanin, le quali sono ne la isola de Butuan e Calaghan, nasce la miglior cannella che si possa trovare. Se stavamo ivi due giorni, ne caricavamo le navi; ma per avere buon vento e passare una punta e certe isolette, che erano circa de questa, non volessemo tardare e, andando a la vela, barattassemo diciassette libbre per certi coltelli [che] avevamo tolti al governatore de Pulaoan. L'albero de questa cannella è alto tre o quattro cubiti, e grosso come li diti della mano, e non ha più di tre o quattro rametti; la sua foglia è come quella del lauro; la sua scorza è la cannella. La se coglie due volte all'anno; così è forte lo legno e le foglie, essendo verde, come la cannella. La chiamano caiumana; caiu vuol dire legno, e mana dolce, cioè legno dolce.

Pigliando lo cammino al greco e andando a una città grande detta Maingdanao, la quale è nell'isola di Baluan e Calaghan, acciò sapessemo qualche nova de Maluco, pigliassemo per forza uno biguiday (è come uno prao) e ammazzassemo sette uomini. In questo erano solum dieciotto uomini, disposti quanto alcuni altri vedessemo in questa parte, tutti de li principali di Maingdanao. Fra questi uno ne disse che era fratello del re de Maingdanao e che sapeva dove era Maluco. Per questo lassassemo la via del greco e pigliassemo la via de scirocco.

In un capo de questa isola Butuan e Caleghan, appresso de uno fiume, se trovano uomini pelosi, grandissimi combattitori e arcieri; hanno spade larghe uno palmo; mangiano se non lo cuore dell'uomo, crudo, con sugo de naranzi o limoni, e se chiamano Benajan, li pelosi.

Quando pigliassemo la via del scirocco, stavamo in sei gradi e sette minuti all'Artico e trenta leghe lungi da Canit. Andando al scirocco trovassemo quattro isole: Ciboco, Beraham Batolach, Saranghani e Candighar. Uno sabato, de notte, ne assaltò una fortuna grandissima per il che, pregando Iddio, abbassassemo tutte le vele. Subito li tre nostri santi ne apparsero descacciando tutta la scuritate. Sancto Elmo stette più de due ore in cima la gabbia, come una torcia; santo Nicolò in cima de la mezzana, e santa Chiara sovra lo trinchetto. Promettessimo uno schiavo a santo Elmo, a sancto Nicolò e a santa Chiara; gli dessemo a ognuno la sua elemosina.

Seguendo poi nostro viaggio, entrassimo in uno porto, in mezzo de le due isole, Saranghani e Candighar, e ce fermassimo, al levante, appresso una abitazione de Saranghani, ove si trova oro e perle. Questi popoli sono Gentili e vanno nudi come li altri. Questo porto sta de latitudine in cinque gradi e nove minuti e lungi cinquanta leghe da Canit.

Stando quivi un giorno, pigliassemo due piloti per forza, acciò ne insegnasseno Maluco. Facendo nostro viaggio fra mezzo giorno e garbin, passassemo tra otto isole abitate e disabitate poste in modo de una via, le quali si chiamano Cheana, Caniao, Cabiao, Camanuca, Cabaluzao, Cheai, Lipan e Nuza finchè arrivassemo in una isola, posta in fine de queste, molto bella al vedere. Per avere vento contrario e per non poter passare una punta de questa isola, andavamo de qua e de là circa de ella, per il che uno de quelli [che] avevamo pigliati a Saranghani e lo fratello del re di Maingdanao con un suo figliuolo piccolo, ne la notte, fuggirono notando in questa isola; ma il figliuolo, per non poter tener saldo sovra le spalle de suo padre, se annegò. Per non poter cavalcare la detta punta, passassemo de sotto de la isola, dove erano molte isolette.

Questa isola tiene quattro re; raià Matandatu, raià Lalagha, raià Bapti e raià Parabu: sono Gentili. Sta in tre gradi e mezzo all'Artico e 27 leghe lungi da Saranghani; è detta Sanghir.

Facendo lo medesimo cammino passassemo circa sei isole, chiamate Carachita, Para, Zanghalura, Cian, lontana circa dieci leghe da Sanghir (questa tiene uno monte alto, ma non largo; lo suo re se chiama raià Ponto) e Paghinzara, lungi otto leghe da Cian, la quale ha tre montagne alte (lo suo re se chiama raià Babintan); Talaut. Poi trovassemo al levante de Paghinzara, lungi dodici leghe, due isole non molto grandi, dette Zoar e Mean.

Passate queste due isole, mercore, a sei di novembre, discopersemo quattro isole alte al levante, lungi dalle due quattordici leghe. Lo piloto, che ne era restato, disse come quelle quattro isole erano Maluco; per il che rengraziassimo Iddio e per allegrezza descaricassemo tutta la artiglieria. Non era da meravigliarsi se éramo tanto allegri, perchè avevamo passato ventisette mesi, manco due giorni in cercare Maluco.

Per tutte queste isole fin a Maluco il minor fondo [che] trovassemo era in cento e duecento braccia; al contrario di come dicevano li Portoghesi, che quivi non si poteva navigare per li gran bassi e il cielo oscuro, come loro se avevano immaginato.

Venere, a otto de novembre 1521, tre ore innanzi lo tramontare del sole, entrassemo in uno porto d'una isola, detta Tadore e surgendo appresso terra in venti braccia descaricassemo tutta la artiglieria. Nel giorno seguente venne lo re in uno prao a le navi e circondolle una volta. Subito li andassimo [in] contra con lo battello per onorarlo: ne fece intrare ne lo suo prao e sedere presso de sè. Lui sedeva sotto una ombrella de seta, che andava intorno: dinnanzi de lui era uno suo figliuolo col scettro reale e due con due vasi de oro per dare acqua a le mani, e due altri con due cassettine dorate piene de quello betre.

Lo re ne disse [che] fossimo li ben venuti e come lui già [da] gran tempo se aveva sognato alquante navi venire a Maluco da luoghi lontani e, per più certificarsi, aveva voluto vedere ne la luna; e vide come venivano e che noi éramo quelli. Entrando lo re nelle navi, tutti li baciarono la mano; poi lo conducemmo sovra la poppa, e ne l'entrare dentro non se volse abbassare, ma entrò de sovravia.

Facendolo sedere in una cattedra de velluto rosso, gli vestissemo una vesta de velluto giallo a la turchesca; noi, per più suo onore, sedevamo in terra appresso lui. Essendo tutti assettati lo re cominciò e disse: Lui e tutti suoi popoli volere sempre essere fedelissimi amici e vassalli al nostro re di Spagna, e accettava noi come suoi figliuoli; e dovessemo discendere in terra come ne le proprie case nostre, perchè de qui indietro [la] sua isola no se chiameria più Tadore, ma Castiglia, per l'amore grande [che] portava al nostro re suo signore.

Li donassemo uno presente; qual fu la veste, la cattedra, una pezza de tela sottile, quattro braccia de panno de scarlatto, uno saglio de broccato, uno panno de damasco giallo, alcuni panni indiani lavorati de oro e de seta, una pezza de berania bianca, tela de Cambaia, dui bonetti, sei filze de cristallo, dodici coltelli, tre specchi grandi, sei forbici, sei pettini, alquanti bicchieri dorati e altre cose. Al suo figliuolo un panno indiano de oro e de seta, uno specchio grande, uno bonet e due coltelli; a nove altri sui principali, a ognuno un panno de seta, bonetti e due coltelli; e a molti altri, a chi bonetti e a chi cartelli dessemo, in fin che 'l re ne disse dovessimo restare.

Dopo ne disse lui non aver altro se non la propria vita per mandare al re suo signore, e dovessemo noi più appropinquarse a la città, e, se veniva de notte a le navi, li ammazzassemo con li schioppetti. Partendose de la poppa, mai se volse abbassare. Pigliata la licenza, discaricassemo tutte le bombarde. Questo re è Moro, e forse de quarantacinque anni, ben fatto, con una presenza reale e grandissimo astrologo. Allora era vestito d'una camicetta de tela bianca sottilissima con li capi de le maniche lavorati de oro, e de uno panno da la cinta quasi fino in terra, e era descalzo. Aveva intorno lo capo un velo de seta e sovra una ghirlanda de fiori e chiamase raià sultan Manzor.

Domenica a X de novembre, questo re volse intendere quanto tempo era [che] se èramo partiti de Spagna; e lo soldo e la quintalata [che] ne dava il re a ciascuno de noi; e voleva li dessemo una firma del re e una bandiera reale, perchè de qui innanzi, la sua isola, e un'altra chiamata Tarenate de la quale, se 'l poteva [far] coronare uno suo nipote, detto Calonaghapi, farebbe [che] tutte e due seriano del re di Spagna; e per onore del suo re era per combattere insino a la morte; e, quando non potesse più resistere, veniria in Spagna lui e tutti li sui, in uno giunco [che] faceva far de nuovo, con la firma e la bandiera reale; per ciò [che da] gran tempo era suo servitore.

Ne pregò li lasciassemo alcuni uomini, acciò ogni ora se aricordasse del re de Spagna, e non mercadanzie, perchè loro non gli resterebbero. E ne disse voleva andare a una isola chiamata Bachian, per fornirne più presto le navi de garofoli, perciò [che] ne la sua non erano tanti de secchi, [che] fossero sufficienti a caricar le due navi.

Oggi, per esser domenica, non volse contrattare. Il giorno festeggiato da questi popoli è lo nostro venere.

Acciò vostra illustrissima signoria sappia le isole dove nascono li garofoli, sono cinque: Tarenate, Tadore, Mutir, Machian, Bachian. Tarenate è la principale, e, quando viveva lo suo re, signoreggiava quasi tutte le altre. Tadore è quella dove èramo: tiene re. Mutir e Machian non hanno re, ma si reggeno a popolo, e quando li due re de Tarenate e de Tadore fanno guerra insieme, queste due li serveno de gente. La ultima è Bachian e tiene re. Tutta questa provincia, dove nascono li garofoli, se chiama Maluco.

Non era ancora otto mesi che era morto in Tarenate uno Francesco Serrano, portoghese, capitano generale del re de Tarenate contro lo re de Tadore; e operò tanto che costrinse lo re de Tadore [a] donare una sua figliuola per moglie al re de Tarenate e quasi tutti li figlioli de li principali per ostaggio (de la qual figliola nascette quel nepote de lo re de Tadore): poi, fatta fra loro la pace, essendo venuto un giorno Francesco Serrano in Tadore per contrattare garofoli, questo re lo fece velenare con quelle foglie de betre; e vivette se non quattro giorni — il suo re lo voleva far seppellire secondo le sue leggi, ma tre Cristiani, sui servitori, non consentirono — lo qual lasciò uno figliuolo e una figliuola piccoli, de una donna che tolse in Giava maggiore, e duecento bahar de garofoli.

Costui era grande amico e parente del nostro fedel capitano generale; e fu causa de commuoverlo a pigliar questa impresa, perchè più volte, essendo lo nostro capitano a Malacca, li aveva scritto come lui stava ivi. Don Manuel, già re di Portogallo, per non volere accrescere la provvigione del nostro capitano generale solamente di un testone al mese per li suoi benemeriti, venne in Ispagna ed ebbe da la Sacra Maestà tutto quello [che] seppe domandare. Passati X giorni dopo la morte de Francesco Serrano, il re di Tarenate, detto raià Abuleis, avendo discacciato suo genero, re de Bachian, fu avvelenato da [la] sua figliola, moglie del detto re, sotto ombra di voler concludere la pace tra loro, il quale scampò solum due giorni, e lasciò nove figliuoli principali. Li loro nomi sono questi: Chechil Momuli, Iadore Vunighi, Chechil de Roix, Cili Manzur, Cili Pagi, Chialin Chechilin, Cathara, Vaiechu Serich e Calano Ghapi.

Luni a XI de novembre, uno de li figlioli del re de Tarenate, Chechil de Roix, vestito de velluto rosso, venne a le navi con due prao, sonando con quelle borchie, e non volse allora entrare ne le navi. Costui teneva la donna, li figlioli e le altre cose de Francesco Serrano. Quando lo cognosse[ssi]mo, mandassemo dire al re se 'l dovevamo ricevere, perchè èramo nel suo porto: ne rispose facessimo come volevamo. Lo figliolo del re, vedendone star sospesi, se discostò alquanto de le navi; li andassimo con lo battello a presentarli un panno de oro e de seta indiano con alquanti coltelli, specchi e forbici. Accettolli con uno poco de sdegno e subito se partì. Costui aveva seco uno Indio cristiano, chiamato Manuel, servitore d'un Petro Alfonso de Lorosa, portoghese, lo qual, dopo la morte de Francesco Serrano, venne da Bandan a Tarenate. Il servitore, per sapere parlare il portoghese, entrò ne le nave e dissene [che], sebbene li figliuoli del re di Tarenate erano nemici del re di Tadore, niente de meno sempre stavano al servizio del re di Spagna. Mandassemo una lettera a Pietro Alfonso de Lorosa per questo suo servitore [dicendo che] dovesse vegnire senza sospetto alcuno.

Questi re teneno quante donne voleno, ma ne hanno una per sua moglie principale, e tutte le altre obbediscono a questa. Il re di Tadore aveva una casa grande, fuori della città, dove stavano duecento sue donne de le più principali con altrettante, [che] le servivano. Quando lo re sta solo, ovvero con la sua moglie principale, in uno luogo alto come un tribunale, ove può vedere tutte le altre, che li siedono attorno, e a quella [che] più li piace, li comanda vada a dormire seco quella notte. Finito lo mangiare, se lui comanda che queste mangino insieme, lo fanno: se non, ognuna va [a] mangiare ne la sua camera. Niuno senza licenza del re le può vedere; e se alcuno è trovato o di giorno o di notte appresso la casa del re, è ammazzato. Ogni famiglia è obbligata de dare al re una e due figliuole. Questo re aveva ventisei figliuoli, otto maschi, lo resto femmine.

Dinanzi a questa isola ne è una grandissima, chiamata Giailolo, che è abitata da Mori e da Gentili. Se trovorono due re fra li Mori, sì come me disse il re,

[che] uno aveva avuto seicento figliuoli, e l'altro cinquecento e venticinque. Li Gentili non teneno tante donne, nè viveno con tante superstizioni; ma adorano la prima cosa che vedono la mattina, quando escono fora de casa, per tutto quel giorno. Il re de questi Gentili, detto raià Papua, è ricchissimo de oro e abita dentro in la isola. In questa isola de Giailolo nascono sopra sassi vivi canne grosse come la gamba, piene de acqua molto buona da bere: ne compravamo assai da questi popoli.

Marti, a dodici di novembre, il re fece fare in uno giorno una casa ne la città per la nostra mercanzia. Glie la portassemo quasi tutta e per guardia de quella lasciassimo tre uomini de li nostri, e subito cominciassemo a mercadantare in questo modo: Per X braccia de panno rosso assai buono ne davano uno bahar de garofoli, che è quattro quintali e sei libbre (un quintale è cento libbre): per quindici braccia de panno non troppo bono un bahar; per quindici accette uno bahar: per trentacinque bicchieri di vetro uno bahar (il re li ebbe tutti): per diciassette catili de ceneprio uno bahar; per diciassette catili de argento vivo uno bahar; per ventisei braccia de tela uno bahar; per venticinque braccia de tela più sottile uno bahar; per centocinquanta coltelli uno bahar; per cinquanta forbici uno bahar; per quaranta bonetti uno bahar; per X panni de Guzerati uno bahar; per tre di quelle sue borchie due bahar; per un quintal de metallo uno bahar. Tutti li specchi erano rotti, e li pochi buoni li volse il re. Molte de queste cose erano di quelli giunchi [che] avevamo presi. La prestezza di venire in Spagna ne fece dare le nostre mercanzie per miglior mercato [che] non averessimo fatto. Ogni giorno venivano alle navi tante barche, piene de capre, galline, fichi, cocchi e altre cose da mangiare, che era una meraviglia. Fornissemo le navi de acqua buona. Questa acqua nasce calda, ma se sta per spazio d'una ora fuora del suo fonte diventa frigidissima. Questo è perchè nasce nel monte delli garofoli, al contrario come se diceva in Ispagna, l'acqua esser portata a Maluco da longe parti.

Mercore lo re mandò suo figliuolo, detto Mossahap, a Mutir per garofoli, acciò più presto ne fornisseno. Oggi dicessemo al re come avevamo presi certi Indi; rengraziò molto Iddio e dissene li facessimo tanta grazia [che] gli dessemoli prigioni, perchè li manderebbe ne le sue terre, con cinque uomini de li sui per manifestare del re di Spagna e de sua fama. Allora gli donassemo le tre donne, pigliate in nome de la reina per la cagione già detta. Il giorno seguente li appresentassemo tutti li presoni, salvo quelli de Burne. Ne ebbe grandissimo piacere. Da poi ne disse dovessemo, per suo amore, ammazzare tutti li porci [che] avevamo nelle mani, perchè ne darebbe tante capre e galline. Gli ammazzassemo per farli piacere e li appiccassimo sotto la coverta. Quando costoro per avventura li vedevano, se coprivano lo volto per non vederli, nè sentire lo suo odore.

Sul tardi del medesimo giorno venne in uno prao Pietro Alfonso portoghese; e non essendo ancora dismontato, il re lo mandò a chiamare e ridendo dissegli, se lui era ben de Tarenate, ne dicesse la verità de tutto quello che li domandassemo. Costui disse come già [da] sedici anni stava ne la India, ma X in Maluco, e tanti erano che Maluco stava descoperto ascosamente. Ed era un anno, manco quindici giorni, che venne una nave grande de Malacca quivi, e se partitte caricata de garofoli, ma per li mali tempi restò in Bandan alquanti mesi, de la quale era capitano Tristan de Meneses portoghese; e come lui li domandò che nove erano adesso in Cristianità, li disse come era partita una armata de cinque navi da Siviglia per descoprire Maluco in nome del re di Spagna, essendo capitano Fernando de Magallianes portoghese; e come lo re di Portogallo, per dispetto che uno Portoghese li fosse contra, aveva mandate alquante nave al capo de Bona Speranza e altre tante al capo de Santa Maria, dove stanno li Cannibali, per vietargli lo passo, e come non lo trovò. Poi el re di Portogallo aveva inteso come lo detto capitano aveva passato per un altro mare e andava a Maluco; subito scrisse al suo capitano maggiore de la India, chiamato Diego Lopez de Sichera, mandasse sei navi a Maluco; ma per causa del Gran Turco che veniva a Malacca non le mandò perchè gli fu forza mandare contro lui sessanta vele al stretto de la Mecca nella terra de Giuda, li quali non trovarono altro, solamente alquante galere in secco ne la riva de quella forte e bella città de Aden, le quali tutte brusorono. Dopo questo mandava contro a noi, a Maluco, uno gran galeone con due mani de bombarde; ma per certi bassi e correnti de acqua, che sono circa a Malacca e venti contrari, non potè passare e tornò indietro. Lo capitano de questo galeone era Francesco Faria portoghese; e come erano pochi giorni che una caravella con due giunchi erano stati quivi per intendere di noi. Li giunchi andarono a Bachian per caricare garofoli con sette Portoghesi. Questi Portoghesi per non avere rispetto a le donne del re e de li suoi (lo re li disse più volte non facessero tal cosa, ma loro non volendo restare) furono ammazzati. Quando quelli della caravella intesero questo, subito tornarono a Malacca, e lasciarono li giunchi con quattrocento bahar de garofoli e tanta mercanzia per comperare altri cento bahar. E come ogni anno molti giunchi vèneno de Malacca a Bandan per pigliare matia e noci moscate, e da Bandan a Maluco per garofoli; e come questi popoli vanno con questi sui giunchi da Maluco a Bandan in tre giorni, e da Bandan a Malacca in quindici; e come el re de Portogallo già [da] X anni godeva Maluco ascosamente, acciò lo re de Spagna nol sapesse.

Costui stette con noi altri insino a tre ore de notte e dissene molte altre cose. Operassemo tanto che costui, promettendogli buon soldo, ne promise de venire con noi in Spagna.

Venere, al 15 de novembre, il re ne disse come andava a Bachian per pigliare de quelli garofoli lasciati da li Portoghesi. Ne dimandò due presenti per darli a li due governatori de Mutir in nome del re di Spagna; e passando per lo mezzo de le navi, volse vedere come tiravano li schioppetti, le balestre e li versi, che sono maggiori d'uno archibuso. Tirò lui tre volte la balestra, perchè gli piaceva più che li schioppetti.

Sabato lo re moro de Giailolo venne a le navi con molti prao, al quale donassemo uno saio de damasco verde, due braccia de panno rosso, specchi, forbici, coltelli, pettini e due bicchieri dorati. Ne disse [che], perchè erano amici del re de Tadore, èramo ancora suoi, perchè amavalo come uno suo proprio figliuolo; e, se mai alcuno de li nostri andasseno in sua terra, li farebbe grandissimo onore.

Questo re è molto vecchio, e temuto per tutte queste isole per essere molto potente, e chiamase raià Iussu.

Questa isola de Giailolo è tanto grande che tardano quattro mesi a circondarla con uno prao.

Domenica mattina questo medesimo re venne a le navi; e volse vedere in che modo combattevamo e come scaricavamo le nostre bombarde, del che pigliò grandissimo piacere e subito partì. Costui, come ne fu detto, era stato nella sua gioventù grandissimo combattitore.

Nel medesimo giorno andai in terra per vedere come nascevano li garofoli. Lo albero suo è alto e grosso come un uomo al traverso nè più nè meno: li suoi rami [si] spandono alquanto largo nel mezzo, ma nella fine fanno in modo de una cima. La sua foglia è come quella del lauro: la scorza è olivastra. Li garofoli vengono in cima de li rametti, dieci o venti insieme. Questi alberi fanno sempre quasi più da una banda che de l'altra, secondo li tempi. Quando nascono li garofoli sono bianchi [quando sono] maturi rossi, e secchi negri. Se coglieno due volte l'anno, una de la natività del Nostro Redentore, l'altra in quella de Sancto Gioan Battista, perchè in questi due tempi è più temperato l'aere: ma più in quella del Nostro Redentore. Quando l'anno è più caldo e con manco piogge, se coglieno trecento e quattrocento bahar in ogni una de queste isole. Nascono solamente ne li monti, e se alcuni de questi arbori sono piantati al piano, appresso li monti, non vivono. La sua foglia, la scorza e il legno verde è così forte come li garofoli. Se non si coglieno quando sono maturi, diventano grandi e tanto duri, che non è bono altro de loro, se non la sua scorza. Non nascono al mondo altri garofoli, se non in cinque monti de queste cinque isole. Se ne trovano ben alcuni in Giailolo e in una isola piccola fra Tadore e Mutir, detta Mate, ma non sono buoni. Vedevamo noi quasi ogni giorno una nebula discendere e circondare l'uno o l'altro de questi monti, per il che li garofoli diventano perfetti. Ciascuno de questi popoli hanno de questi arbori e ogni uno custodiscono li sui; ma non li coltivano.

In questa isola se trovano alcuni alberi di noce moscata. L'albero è come le nostre noghere e con le medesime foglie; la noce quando se coglie, è grande come uno cotogno piccolo, con quel pelo e del medesimo colore. La sua prima scorza è grossa come lo verde de le nostri noci; sotto de questa è una tela sottile, sotto la quale sta la matia, rossissima, rivolta intorno la scorza della noce, e de dentro de questa è la noce moscata.

Le case de questi popoli sono fatte come le altre, ma non così alte da terra, e sono circondate da canne, in modo de una sieve.

Queste femmine sono brutte, e vanno nude come le altre, con quelli panni de scorza de albero. Fanno questi panni in tal modo: pigliano uno pezzo di scorza e lo lasciano nell'acqua fin che diventa molle; e poi lo batteno con legni e lo fanno lungo e largo come vogliono: diventa come uno velo de seta cruda con certi filetti de dentro che pare sia tessuto. Mangiano pane di legno de albero, come la palma, fatto in questo modo: pigliano un pezzo de questo legno molle e gli cavano fuora certi spini negri lunghi; poi lo pestano e così fanno lo pane. L'usano quasi solo per portare in mare e lo chiamano sagu. Questi uomini vanno nudi come gli altri; ma sono tanto gelosi de le sue moglie, che non volevano andassemo noi in terra con le braghette discoperte, perchè dicevano le sue donne pensare noi sempre essere in ordine.

Ogni giorno venivano da Tarenate molte barche caricate di garofoli; ma, perchè aspettavamo il re, non contrattavamo altro se non vettovaglia. Quelli de Tarenate se lamentavano molto, perchè non volevamo contrattare con loro. Domenica de notte, a ventiquattro de novembre, venendo al luni, lo re venne sonando con borchie e, passando per mezzo le navi, discaricassemo molte bombarde. Ne disse [che] in fine a quattro giorni veniriano molti garofoli. Luni lo re ne mandò settecento e novanta uno cathili de garofoli senza levare la tara. La tara è pigliare le spezierie per manco de quel che pesano, perchè ogni giorno se seccano de più. Per essere li primi garofoli [che] avevamo messi ne le navi, discaricassemo molte bombarde. Quivi chiamano li garofoli ghomode; in Sarangani, dove pigliassimo li due piloti, bonghalavan, e in Malacca chianche.

Marti, a ventisei di novembre, el re ne disse come non era costume de alcuno re partirsi de la sua isola: ma lui se era partito per amore del re de Castiglia e perchè andassemo più presto in Spagna e retornassimo con tante navi, che potessero vendicare la morte de suo padre, che fu ammazzato in una isola chiamata Buru e poi buttato nel mare. E dissene, come era usanza, quando li primi garofoli erano posti ne le navi, ovvero ne li giunchi, lo re fare un convito a quelli de le navi e pregare lo suo Dio li conducesse salvi ne lo suo porto: e anche lo volea fare per cagione del re Bachian e uno suo fratello, che venivano per visitarne: faceva nettare le vie.

Alcuni de noi, pensando qualche tradimento, perchè quivi, dove pigliavamo l'acqua, furono ammazzati da certi de questi, ascosi ne li boschi, tre Portoghesi de Francesco Serrano, e perchè vedevamo questi Indi susurrare con li nostri prigioni, dicessemo, contra alquanti volonterosi de questo convito, non se dovere andare in terra per convito, ricordandogli de quello altro tanto infelice.

Facessemo tanto [che] se concluse de mandare [a] dire al re venisse presso a le navi perchè volevamosi partire e consegnarli li quattro uomini promessi con altre mercanzie. Il re subito venne e, entrando ne le navi, disse ad alcuni sui, [che] con tanta fiducia entrava in queste come ne le sue case. Ne disse essere grandemente spaventato per volerne partire così presto, essendo il termine de caricare le navi trenta giorni, e non essersi partito per farne alcun male, ma per fornire più presto le navi de garofoli; e come non se dovevamo partire allora, per non essere ancora lo tempo [de] navigare per queste isole et per li molti bassi [che] se trovano circa Bandan e perchè facilmente avressimo potuto incontrarsi [in] qualche nave de Portoghesi. E se pur era la nostra opinione de partirsi allora, pigliassemo tutte le nostre mercadanzie, perchè tutti li re cinconvicini direbbono il re di Tadore avere ricevuto tanti presenti da uno sì gran re e lui non averli dato cosa alcuna, e penserebbero noi essersi partiti per paura de qualche inganno, e sempre chiamerebbeno lui per uno traditore.

Poi fece portare lo suo Alcorano, e prima baciandolo e mettendoselo quattro o cinque volte sovra il capo e dicendo fra sè certe parole (quando fanno così chiamano zambahean), disse in presenza de tutti che giurava per Allà e per lo Alcorano che aveva in mano, sempre volere essere fedele amico al re di Spagna. Disse tutto questo quasi piangendo. Per le sue buone parole li promettessimo de aspettare ancora quindici giorni. Allora li dessemo la firma del re e la bandiera reale. Niente di meno intendessemo poi, per buona via, alcuni principali di queste isole averli detto ne dovesse ammazzare, perchè farebbe grandissimo piacere a li Portoghesi e come loro perdoneriano a quelli de Bachian: e il re averli risposto [che] non lo faria per cosa alcuna, conoscendo lo re de Spagna e avendone data la sua pace.

Mercore, a ventisette de novembre, dopo disnare, lo re fece fare un bando a tutti quelli [che] avevano garofoli, li potesseno portare ne le navi. Tutto questo giorno e l'altro contrattassemo garofoli con gran furia. Venere, sul tardi, venne lo governatore de Machian con molti prao. Non volse desmontare in terra, perchè stavano ivi suo padre e uno suo fratello banditi da Machian. Il giorno seguente lo nostro re con lo governatore suo nepote, entrarono ne le navi. Nui, per non aver più panno, ne mandò a torre tre braccia del suo e ne 'l dette, lo quale con altre cose donassemo al governatore. Partendose, se discaricò molte bombarde. Dappoi lo re ne mandò sei braccia de panno rosso, acciò lo donassemo al governatore. Subito lo gli presentassemo, per il che ne ringraziò molto e disse ne manderebbe assai garofoli. Questo governatore se chiama Humar ed era forse de venticinque anni.

Domenica, primo de dicembre, questo governatore se partì. Ne fu detto il re de Tadore avergli dato panni de seta e alcune de quelle borchie, acciò costui più presto li mandasse li garofoli. Luni il re andò fuori de la isola per garofoli. Mercore mattina, per essere giorno de Santa Barbara e per la venuta del re, se descaricò tutta l'artiglieria. La notte lo re venne nella riva e volse vedere come tiravamo li rocchetti e bombe da fuoco, del che lo re pigliò gran piacere. Giove e venere se comperò molti garofoli così ne la città, come ne le navi. Per quattro braccia de frisetto ne davano uno bahar de garofoli; per due catenelle de lattone, che valevano uno marcello, ne dettero cento libbre de garofoli; infine per non avere più mercadanzie, ognuno li dava chi le cappe, e chi i sai, e chi le camicie con altri vestimenti per avere la sua quintalata. Sabato tre figlioli del re di Taranate con tre sue mogli, figliole del nostro re, e Pietro Alfonso portoghese venirono a le navi. Donassemo a ogni uno de li tre fratelli un bicchier de vetro dorato, a le tre donne forbici e altre cose. Quando se partirono furono scaricate molte bombarde. Poi mandessemo in terra a la figliola del nostro re, già moglie del re di Taranate, molte cose, perchè non volse vegnire con le altre a le navi. Tutta questa gente, così uomini come donne, vanno sempre descalzi.

Domenica, a otto de dicembre, per essere giorno della Concezione, se scaricò molte bombarde, rocchetti e bombe di fuoco. Luni, sul tardi, lo re venne a le navi con tre femmine, [che] li portavano il betre. Altri non può menare seco donne se non il re. Dopo venne il re de Giailolo, e volse vedere noi un'altra fiata combattere insieme. Dopo alquanti giorni il nostro re ne disse lui assimigliare uno fanciullo che lattasse e conoscesse la sua dolce madre e, quella partendosi, lo lasciasse solo; maggiormente lui restare desconsolato, perchè già aveva conosciuto e gustato alcune cose di Spagna e perchè dovevamo tardare molto al ritornare, carissimamente ne pregò li lasciassimo per sua defensione alquanti de li versi nostri, e ne avvisò, quando fossimo partiti, navigassemo se non de giorno, per li molti bassi [che] sono in queste isole.

Li respondessimo, [che] se volevamo andar in Spagna, ne era forza navigare de giorno e de notte. Allora disse farebbe per noi ogni giorno orazione al suo Iddio, acciò ne conducesse a salvamento. E dissene come doveva venire lo re de Bachian per maritare uno suo fratello con una de le sue figliuole: ne pregò volessemo far alcuna festa in segno de allegrezza, ma non scaricassemo le bombarde grosse, perchè farebbero gran danno a le navi, per essere caricate in questi giorni.

Venne Pietro Alfonso portoghese con la sua donna e tutte le altre sue cose a stare ne le navi. De li a due giorni venne a le navi Chechil de Roix, figliolo del re de Tarenate, in un prao ben fornito e disse al Portoghese [che] discendesse un poco al suo prao; li rispose [che] non li voleva discendere, perchè veniva nosco in Spagna. Allora lui volse entrare ne le navi; ma noi non lo volsemo lasciar entrare. Costui, per essere grande amico del capitano de Malacca, portoghese, era venuto per pigliarlo, e gridò molto a quelli [che] stanziavano appresso il Portoghese, perchè lo avevano lasciato partire senza sua licenza.

Domenica, a quindici de dicembre, sul tardi il re de Bachian e il suo fratello venirono in uno prao con tre mani di vogatori per ogni banda; erano [in] tutti cento e venti, con molte bandiere de piuma de pappagallo bianche, gialle e rosse e con molti suoni de quelle borchie, perchè a questi suoni li vogatori vogano a tempo: e con due altri prao de donzelle per presentarle a la sposa. Quando passarono appresso le navi, li salutassemo con bombarde, e loro per salutarne circondorono le navi e il porto.

Il re nostro, per essere costume nessuno re discendere ne le terre de altrui, venne per congratularse seco. Quando il re de Bachian lo vide venire, se levò dal tappeto dove sedeva, e posesi de una banda; il nostro re non volse sedere sovra lo tappeto, ma dall'altra parte; e così niuno stava sopra lo tappeto.

Il re de Bachian dette al nostro re cinquecento patolle, perchè desse sua figlia per moglie al suo fratello. Queste patolle sono panni de oro e de seta fatti nella Cina e molto pregiati fra costoro. Quando uno de questi muore, li altri suoi, per fargli più onore, se vestono de questi panni. Dànno, per uno de questi, tre bahar de garofoli e più e meno, secondo che sono.

Luni il nostro re mandò uno convito al re de Bachian per cinquanta donne, tutte vestite de panni de seta, da la cinta fino al ginocchio. Andavano a due a due con uno uomo in mezzo de loro. Ognuna portava uno piatto grande, pieno di altri piattelli de diverse vivande. Li uomini portavano solamente lo vino in vasi grandi. Dieci donne de le più vecchie erano le mazziere. Andarono in questo modo fino al prao e appresentarono ogni cosa al re, che sedeva sovra lo tappeto sotto uno baldacchino rosso e giallo.

Tornando costoro indietro, pigliarono alcuni de li nostri e se loro volsero essere liberi li bisognò darli qualche sua cosetta.

Dopo questo il re nostro ne mandò capre, cocchi, vino e altre cose. Oggi mettessemo le vele nuove a le navi, ne le quali era una croce de Santo Iacobo de Gallizia, con lettere che dicevano: questa è la figura de la nostra buona ventura.

Marti donassemo al nostro re certi pezzi de artiglieria come archibusi, che avevamo pigliati in questa India, e alcuni pezzi de li nostri con quattro barili de polvere. Pigliassemo quivi ottanta botti de acqua per ciascuna nave. Già [da] cinque giorni lo re aveva mandato cento uomini a far legno per noi a la isola di Mare, perchè convenivamo passare per ivi.

Oggi lo re de Bachian con molti altri de li suoi discendette in terra per fare pace con noi. Dinnanzi de lui andavano quattro uomini con stocchi dritti in mano. Disse, in presenza del nostro re e de tutti li altri, come sempre starebbe in servizio del re di Spagna e salvaria in suo nome li garofoli, lasciati da li Portoghesi, finchè venisse un'altra nostra armata, e mai li darebbe a loro senza lo nostro consentimento.

Mandò a donare al re di Spagna uno schiavo, due bahar de garofoli (glie ne mandava X, ma le navi per essere troppo caricate non li poterono portare), e due uccelli morti, bellissimi. Questi uccelli sono grossi come tordi, hanno lo capo piccolo con lo becco lungo; le sue gambe sono lunghe un palmo e sottile come un calamo; non hanno ali, ma in luogo di quelle, penne lunghe de diversi colori come gran pennacchi: la sua coda è come quella del tordo: tutte le altre sue penne, eccetto le ali, sono del colore de taneto, e mai non volano se non quando è vento.

Costoro ne dissero questi uccelli venire dal paradiso terrestre e li chiamano bolon dinata, cioè uccelli de Dio.

Ognuno de li re de Maluco scrissero al re de Spagna che sempre volevano esserli suoi veri sudditi. Il re de Bachian era forse de settanta anni: e aveva questa usanza: quando voleva andare a combattere, ovvero a fare qualche altra cosa importante, prima se lo faceva fare due o tre volte da uno suo servitore che nol teneva ad altro effetto se non per questo.

Un giorno il nostro re mandò a dire a quelli nostri, che stavano nella casa della mercanzia, [che] non andasseno de notte fuora de casa, per certi de li suoi uomini, che se ongeno e vanno de notte e pareno siano senza capo. Quando uno de questi trova uno de li altri, li tocca la mano e glie la unge un poco dentro: subito colui se inferma e fra tre o quattro giorni muore: e quando questi trovano tre o quattro insieme, non gli fanno altro male, se non che l'imbalordiscono. E lui ne aveva fatto impiccare molti.

Quando questi popoli fanno una casa di nuovo, prima [che] li vadano ad abitare dentro, li fanno fuoco intorno e molti conviti; poi attaccano al tetto de la casa un poco d'ogni cosa [che] si trova ne la isola, acciò non possino mai mancare tal cose a gli abitanti. In tutte queste isole se trova gingero; noi lo mangiavamo verde, come pane.

Lo gingero non è albero, ma una pianta piccola, che pullula fuori de la terra certi coresini lunghi un palmo, come quelli de le canne e con le medesime foglie, ma più strette. Questi coresini non valeno niente; ma la sua radice è il zenzero, e non è così forte verde come secca. Questi popoli lo seccano in calcina, perchè altrimenti non durerebbe.

Mercore mattina, per volerse partire de Maluco, il re de Tadore, quel re

Giailolo, quel de Bachian e uno figlio del re de Tarenate, tutti erano venuti per accompagnarne infino a l'isola de Mare. La nave Victoria fece vela e discostossi alquanto aspettando la nave Trinitade: ma questa, non potendo levare l'ancora, subito fece acque nel fondo. Allora la Victoria tornò al suo luogo, e subito cominciammo a scaricare la Trinitade per vedere se potevamo rimediarli. Si sentiva venire dentro l'acqua, come per un cannone, e non trovammo dove la entrava. Tutto oggi e il dì seguente non facessemo altro si non dare alla pompa, ma niente li giovavamo.

Il nostro re, intendendo questo, subito venne ne la nave e se affaticò per vedere dove veniva l'acqua. Mandò nell'acqua cinque de li suoi per vedere se avessemo potuto trovare la fessura. Stetteno più di mezz'ora sott'acqua e mai la trovarono. Vedendo il re costoro non potere giovare e ogni ora crescere più l'acqua, disse quasi piangendo [che] manderebbe al capo de la isola per tre uomini, [che] stavano molto sotto acqua.

Venere mattina, a buona ora, venne lo nostro re con li tre uomini e presto mandolli ne l'acqua con li capelli sparsi, acciò con quelli trovassero la fessura. Costoro stettero una buona ora sotto acqua e mai la trovarono. Il re, quando vide non poterli trovare rimedio, disse piangendo: chi anderà mo' in Spagna dal mio signore a darli nuova di me? Li rispondessimo che andarebbe la Victoria per non perdere li levanti, li quali cominciavano; e la altra, fin [che] se conciasse, aspetterebbe li ponenti e poi andaria al Darien, che è ne l'altra parte del mondo ne la terra de Diucatan.

Il re ne disse [che] aveva duecentoventicinque marangoni, che farebbono il tutto; e li nostri che restavano ivi li tenirebbe como suoi figli e non se affaticarebbono, se non due in comandare a li marangoni come dovessero fare. Diceva queste parole con tanta passione, che ne fece tutti piangere. Noi della nave Victoria, dubitando se aprisse la nave per esser troppo caricata, la alleggerissimo de sessanta quintali de garofoli, e questi facessemo portare ne la casa, dove erano li altri. Alcuni de la nostra nave volsero restare quivi, per paura che la nave non potesse durare sino in Ispagna: ma molto più per paura de morire de fame.

Sabato, a vintuno de dicembre, giorno de San Tommaso, il re nostro venne a le navi e ne consegnò li due piloti [che] avevamo pagati, perchè ne conducessero fuora de queste isole; e dissene come allora era buon tempo de partirse; ma per lo scrivere de li nostri in Spagna, non ne partissemo se non a mezzodì. Venuta l'ora, le navi pigliarono licenza l'una dall'altra con scaricare le bombarde, e pareva loro lamentarsi per la sua ultima partita.

Li nostri ne accompagnarono un poco con loro battello, e poi con molte lagrime e abbracciamenti, se dipartissemo. Lo governatore del re venne con noi infino a la isola del Mare. Non fossimo così presto giunti [che] comparsero quattro prao carichi di legna, e in manco d'una ora, caricassemo la nave, e subito pigliassemo la via del garbin. Quivi restò Giovan Carvajo con cinquanta persone de li nostri; noi èramo quarantasette e tredici Indi.

Questa isola de Tadore tiene episcopo e allora ne era uno che aveva quaranta mogli e assaissimi figliuoli.

In tutte queste isole de Maluco se trovano garofoli, zenzero, sagu (quel suo pane di legno), riso, capre, oche, galline, cocchi, fichi, mandorle più grosse de le nostre, pomi granati dolci e garbi, aranci, limoni, patate, miele de api piccole come formiche, le quali fanno lo miele ne li arbori, canne dolci, olio de cocco e de giongioli, meloni, cocomeri, zucche, uno frutto rinfrescativo grande come le angurie, detto comulicai, e un altro frutto, quasi come lo persico, detto guane; e altre cose da mangiare. E se li trovano papagalli de diverse sorte; ma fra le altre alcuni bianchi chiamati cathara, e alcuni tutti rossi, detti nori: e uno de questi rossi vale un bahar de garofoli, e parlano più chiaramente che li altri. Sono forse cinquanta anni che questi Mori abitano in Maluco: prima lì abitavano Gentili e non apprezzavano li garofoli. Gli ne sono ancora alcuni; ma abitano ne li monti, dove nascono li garofoli.

La isola de Tadore sta de latitudine al polo Artico in ventisei minuti; e de longitudine de la linea de repartizione in cento e sessantuno grado, e lungi de la prima isola dell'Arcipelago, detta Zanial, nove gradi e mezzo, a la quarta del mezzo giorno e tramontana verso greco e garbin. Terenate sta di latitudine all'Artico in due terzi. Mutir sta precisamente sotto la linea equinoziale. Macian sta al polo Antartico in un quarto e Bachian ancora lui all'Antartico in un grado. Tarenate, Tadore, Mutir e Machian sono quattro monti alti e pontini, ove nascono li garofoli. Essendo in queste quattro isole, non se vede Bachian; ma lui è maggiore de ciascuna de queste quattro isole e il suo monte de li garofoli non è così pontino come li altri, ma più grande.

VOCABOLI DI QUESTI POPOLI MORI

Al suo dio — Allà.

Al cristiano — naceram.

Al turco — riunno.

Al moro mussulmano — Isilam.

Al Gentile — Cafre.

Alle sue maschite — mischit.

A li sui preti — maulana catip mudir.

A li uomini sapienti — horan panditu.

A li uomini sui devoti — mossai.

A le sue cerimonie — zambahe tan de alà meschit.

Al padre — bapa.

A la madre — mama ambui.

Al figliolo — anach.

Al fratello — sandala.

Al fratello de questo — capatin muiadi.

Al germano — sandala sopopu.

A l'avo — niny

Al suocero — minthua.

Al genero — minanthu.

Al uomo — horan.

A la femmina — poranpoan.

A li capelli — lambut.

Al capo — capala.

Al fronte — dai.

A l'occhio — matta.

A le ciglie — quilai.

A le palpebre — cenin.

Al naso — idon.

A la bocca — mulut.

A li labbri — bebere.

A li denti — gigi.

A le gengive — issi.

A là lingua — lada.

Al palato — langhi.

Al mento — aghai.

A la barba — ianghut.

A li mustacchi — missai.

A la mascella — pipi.

A le orecchie — talingha.

A la gola — laher.

Al collo — tundun.

A le spalle — balachan.

Al petto — dada.

Al core — atti.

A la mammella — sussu.

Al stomaco — parut.

Al corpo — tundunbutu.

Al membro — botto.

A la natura de le donne — bucchii.

Al usar con loro — amput.

A le natiche — buri.

A la gamba — mina.

Al stinco de la gamba — tula.

A la sua polpa — tilorchaci.

A la caviglia del piè — buculali.

A le cosce — taha.

Al calcagno — tumi.

Al piede — batis.

A le suole del piede — emparchaqui.

A la unghia — cuchu.

Al braccio — langhan.

Al gomito — sichu.

A la mano — tanghan.

Al dito grosso de la mano — idun tanghan.

Al secondo — tangu.

Al terzo — geri.

Al quarto — mani.

Al quinto — calinchin.

Al riso — bugax.

Al cocco in Maluco et in Burne — biazzao.

Al cocco in Luzon — mor.

Al cocco in Giava maggiore — calambil.

Al fico — pizam.

A le canne dolci — tubu.

A le patate — gumbili.

Al melone — antimon.

A le radici come rape — ubi.

A le chiachiare — mandicai sicui.

A le angurie — labu.

A la vacca — lambu.

Al porco — babi.

Al bufalo — carban.

A la pecora — biri.

A la capra — cambin.

Al gallo — sanbunghan.

A la gallina — aiambatina.

Al cappone — gubili.

A l'ovo — talor.

A l'ocato — itich.

A l'oca — ansa.

A l'uccello — bolon.

A l'elefante — gagia.

Al cavallo — cuda.

Al leone — huriman.

Al cervo — roza.

Al cane — cuin.

Alle api — haermadu.

Al miele — gulla.

A la cera — lelin.

A la candela — dian.

Al suo stoppino — sumbudian.

Al fuoco — appi.

Al fumo — asap.

A la cenere — abu.

Al cucinato — azap.

Al molto cucinato — lambech.

A l'acqua — tubi.

A l'oro — amax.

A l'argento — pirac.

A la pietra preziosa — premata.

A la perla — mutiara.

A l'argento vivo — raza.

Al metallo — tumbaga.

Al ferro — baci.

Al piombo — tima.

A le sue borchie — agun.

A lo cenaprio — galvga sadalinghan

A l'argento — soliman danas.

Al panno de seta — cain sutra.

Al panno rosso — cain mira.

Al panno negro — cain ytam.

Al panno bianco — cain pute.

Al panno verde — cain igao.

Al panno giallo — cain cunin.

Al bonnet — cophia.

Al coltello — pixao.

A la forbice — guntin.

Al specchio — chiela min.

Al pettine — sissir.

Al cristallino — manich.

Al sonaglio — giringirin

A l'anello — sinsin.

A li garofoli — ghianche.

A la cannella — caiumanis.

Al pevere — lada.

Al pevere lungo — sabi.

A la noce moscata — buapala gosoga.

Al filo di rame — canot.

Al piatto — inghan.

A la pignatta — prin.

A la scodella — manchu.

Al piatto de legno — dulan.

A la conca — calunpan.

A le sue misure — socat.

A la terra — buchit.

A la terra ferma — buchit tana.

A la montagna — gonun.

A la pietra — batu.

A l'isola — polan.

A un capo de terra — tanun buchit.

Al fiume — songhai.

Como se chiama questo? — apenamaito.

A l'olio de cocco — mignach.

A l'olio de giongioli — lana lingha.

Al sale — garan sira.

Al muschio e al suo animale — castori.

Al legno che mangiano li castori — comarn.

A la sansuga — linta.

Al zibetto — jabat.

Al gatto che fa lo zibetto — mozan.

Al reobarbaro — calama.

Al demonio — saytan.

Al mondo — bumi.

Al fromento — gandun.

Al dormire — tidor.

A le stuoie — tical.

Al cuscino — bantal.

Al dolore — bachet.

A la sanitate — baii.

Alla setola — cupia.

Al sparaventolo — chipas.

A li suoi panni — chebun.

A le camice — bain.

A le sue case — pati alam.

A l'anno — taun.

Al mese — bullan.

Al dì — alli.

A la notte — mallan.

Al tarde — malamari.

Al mezzodì — tamhahari.

A la mattina — patan patan.

Al sole — malahari.

A la luna — bulan.

A la mezzaluna — tanan patbulan.

A le stelle — bintan.

Al cielo — languin.

Al trono — gunthur.

Al mercadante — sandagar.

A le città — naghiri.

Al castello — cuta.

A la casa — rinna.

Al sedere — duodo.

Siediti gentiluomo — duodo, orancaia.

Siediti uomo da bene — duodo, orambai et anan.

Signor — tuan.

Al putto — cana cana.

A un suo allievo — lascar.

Al schiavo — alipin.

Al sì — ca.

Al no — tida.

A l'intendere — thao.

Al non intendere — tida taho.

Non mi guardare — tida liat.

Guardami — liat.

A essere una medesima cosa — casi, casi; siama siama.

All'ammazzare — mati.

A la magalda — sondal.

Al mangiare — macan.

Al cucchiaro — sandoch.

Grande — bassal.

Longo — pangian.

Piccolo — chechil.

Corto — pandach.

All'avere — ada.

Al non avere — tida hada.

Signor, ascolta! — tuan diam.

Dove viene il giunco? — dimana a juin.

A la gucchia da cucire — talun.

Al cucire — banan.

Al filo da cucire — pintal banan.

A la scuffia del capo — dastar capala.

Al re — raià.

A la regina — putli.

Al legno — caiu.

Al stentar — caraiar.

Al salassare — buandala.

A la vena del braccio dove se salassa — vrat paratanghan.

Al sangue che vien fora dal braccio — dara carnal.

Al sangue buono — dara.

Quando starnutano dicono: ebarasai.

Al pesce — ycam.

Al polpo — calabutan.

A la carne — dagni.

Al corniolo — cepot.

Poco — serich.

Mezzo — sathana sapanghal.

Al freddo — dinghin.

Al caldo — panas.

Lungi — jan.

A la verità — benar.

A la bugia — dusta.

Al rubare — manchiuri.

A la rogna — codis.

Piglia — na.

Dammi — ambil.

Grasso — gamuch.

Magro — golos.

Al cappello — tandun capala.

Quanti — barapa.

Una fiata — statu chali.

Uno braccio — dapa.

Al parlare — catha.

A quivi — sivi.

A là — sana datan.

Bongiorno — salamalichum.

Al rispondere — alichum salam.

Signori, bon prò vi faccia — mali horancaia macan.

Già ho mangiato — suda macan.

Uomo, levati di lì — pandan chita oran.

Al disdisidare — banum chan.

Buona sera — sebalchaer.

Al risponder — chaer sandat.

Al dare — minta.

Al dare ad alcuno — bripocol.

A li ceppi de ferro — balanghu.

Oh come puzza! — bossochini.

All'uomo giovane — horan muda.

Al vecchio — tua.

Al scrivano — xiritoles.

A la carta — cartas.

Al scrivere — mangurat.

A la penna — calam.

A l'inchiostro — danat.

Al calamaro — padantan.

A la lettera — surat.

Non lo ho — guala.

Vien qui — camarj.

Che volete? — appa man?

Che mandate? — appa ito?

Al porto de mare — labuan.

A la galera — gurap.

A la nave — capal.

A la prora — allon.

A la poppa — biritan.

Al navigare — belaiar.

Al suo arbore — tian.

A l'antenna — laiar.

Alle sartie — tamira.

A la vela — leier.

A la gabbia — simbulaia.

A la corda de l'ancora — danda.

A la ancora — san.

Al battello — san pan.

Al remo — daiun.

A la bombarda — badil.

Al vento — anghin.

Al mare — lant.

Uomo, vien qui — horan itu datan.

A li suoi pugnali — calix golog.

Al suo manico — daganan.

A la spada — padan gole.

A la zorabotana — sumpitan.

A le sue frecce — damach.

A l'erba venenata — ypu.

Al carcasso — bolo.

A l'arco — bossor.

A le sue frecce — anacpaan.

A li gatti — conchin purhia.

Al sorcio — tucus.

Al legoro — buaia.

A li vermi che mangiano le navi — capan lotos.

All'amo da pescare — matacanir.

A la sua esca — unpan.

A la corda dell'amo — tunda.

Al lavare — mandi.

Non aver paura — tangan tacut.

Stracca — lala.

Uno bacio dolce — salap manis.

A l'amico — sandara.

Al nemico — sanbat.

Certo è — zonghu.

Al mercadantare — bianiga.

Non ho — anis.

A essere amico — pugna.

Due cose — malupho.

Sì — one.

Al rufo — zoroan pagnoro.

A darse piacere — mamain.

Al matto — gila.

A l'interprete — giorobaza.

Quanti linguaggi sai? — barapa bahasa tan?

Molti — bagna.

Al parlare de Malacca — chiaramalaiu.

Dove sta colui? — dimana horan?

A la bandiera — tonghol.

Adesso — sacaran.

Da mattina — hezoch.

L'altro giorno — luza.

Ieri — calamari.

Al martello — palmo colbasi.

Al chiodo — pacu.

Al mortaro — lozon.

Al pilone de pestare — atan.

Al ballare — manari.

Al chiamare — panghil.

A non essere maritato — ugan.

A essere maritato — suda babini.

Tutto uno — saunia.

A la pioggia — ugian.

A l'ubbriaco — moboch.

A la pelle — culit.

A la biscia — ullat.

Al combatter — guzar.

Dolce — manis.

Amaro — azon.

Come stai? — appa giadi?

Bene — bay.

Male — sachet.

Portame quello — biriacan.

Questo uomo è un poltrone — giadi hiat horan itu.

Basta — suda.

A la tramontana — iraga.

Al mezzodì — salatan.

Al levante — timor.

Al ponente — baratapat.

Al greco — utara.

Al garbin — berdaia.

Al maestrale — barolaut.

Al scirocco — tunghara.

Uno — satus.

Due — dua.

Tre — tiga.

Quattro — ampat.

Cinque — lima.

Sei — anam.

Sette — tugu.

Otto — duolappan.

Nove — sambilan.

Dieci — sapolo.

Venti — duapolo.

Trenta — tigapolo.

Quaranta — ampatpolo.

Cinquanta — limapolo.

Sessanta — anampolo.

Settanta — tugupolo.

Ottanta — dualapanpolo.

Novanta — sambilampolo.

Cento — saratus.

Duecento — duaratus.

Trecento — tigaratus.

Quattrocento — anamparatus.

Cinquecento — limaratus.

Seicento — anambratus.

Settecento — tuguratus.

Ottocento — dualapanratus.

Novecento — sambilanratus.

Mille — salibu.

Due mila — dualibu.

Tre mila — tigalibu.

Quattro mila — ampatlibu.

Cinque mila — limalibu.

Sei mila — anamlibu.

Sette mila — tugulibu.

Otto mila — dualapanlibu.

Nove mila — sanbilanlibu.

Dieci mila — salacza.

Settecento mila — tugucati.

Dieci fiate cento mila — sainta.

Tutti li cento, li mille, li dieci mille, li cento mille et diece fiate cento mille se congiungono con il numero de satus et due, etc.

Andando al nostro cammino passassemo tra queste isole: Caioan, Laigoma, Sico, Giogi, Caphi; (in questa isola de Caphi nascono uomini piccoli, come li nani, li quali sono li Pigmei e stanno soggetti per forza al nostro re de Tadore);

Laboan, Toliman, Titameti, Bachian già dette, Latalata, Talobi, Maga e Batutiga. Passando fuora al ponente de Batutiga camminassemo fra ponente e garbin e discopersemo al mezzogiorno alquante isole, per il che li piloti de Maluco ne dissero se arrivasse, perciò [che] ne cacciavamo tra molte isole e bassi. Arrivassemo al scirocco, e dessemo in una isola, che sta de latitudine al polo Antartico in due gradi, e cinquantacinque leghe lungi da Maluco, e chiamase Sulach.

Li uomini de questa isola sono Gentili e non hanno re; mangiano carne umana; vanno nudi, così uomini come femmine, ma solamente portano un pezzo de scorza larga due diti intorno alle sue vergogne. Molte isole sono per quivi, che mangiano carne umana. Li nomi de alcune sono questi: Silan, Noselao, Biga, Atulabaon, Leitimor, Tenetum, Gondia, Pailarurun, Manadan, e Benaia. Poi costeggiassemo due isole, dette Lamatola e Tenetuno, da Sulach circa X leghe.

A la medesima via trovassemo una isola assai grande, ne la quale se trova riso, porci, capre, galline, cocchi, canne dolci, sagu, uno suo mangiare de fichi, el quale chiamano chanali, chiacare e questa chiamano nanga. Le chiachiare sono frutti come le angurie, de fora nodose, de dentro hanno certi frutti rossi piccoli, come armellini; non hanno osso, ma per quello hanno una midolla come uno fagiolo, ma più grande, e al mangiare tenero come castagne; e uno frutto, fatto come una pigna, de fuora giallo e bianco de dentro, e al tagliare come un pero, ma più tenero e molto migliore, detto comilicai.

La gente de questa isola vanno nudi come quelli de Sulach; sono Gentili e non hanno re. Questa isola sta de latitudine al polo Antartico in tre gradi e mezzo e lungi da Maluco settantacinque leghe; e chiamase Buru. Al levante de questa isola dieci leghe ne sta una grande, che confina con Giailolo, la quale è abitata da Mori e da Gentili; li Mori stanno appresso il mare e li Gentili de dentro nella terra; e questi mangiano carne umana. Nasce in questa le cose già dette e se chiama Ambon. Tra Buru e Ambon si trovano tre isole, circondate da bassi, chiamate Vudia, Cailaruri, e Benaia. Circa da Buru quattro leghe, al mezzodì, sta una isola piccola, e chiamase Ambelau.

Lungi da questa isola di Buru, circa trentacinque leghe, a la quarta del mezzogiorno verso garbin, se trova Bandan-Bandan e dodici isole. In sei de queste nasce la matia e noce moscata; e li nomi loro sono questi: Zoroboa, maggiore de tutte le altre, Chelicel, Semianapi, Pulac, Pulurun e Rosoghin. Le altre sei sono queste: Unuveru, Pulan Baracan, Lailaca, Manucan, Man e Ment. In queste non si trovano noci moscate; se non sagu, riso, cocchi, fichi e altri frutti, e sono vicine l'una a l'altra. Li popoli de queste sono Mori e non hanno re. Bandan sta de latitudine al polo Antartico in sei gradi e di longitudine da la linea repartizionale in cento e sessantatre gradi e mezzo, e per esser un poco fuora del nostro cammino non fossimo ivi.

Partendone de quella isola de Buru, a la quarta de garbin verso ponente, circa 8 gradi di longitudine, arrivassemo a tre isole; Zolot, Nocemamor e Galian, e navigando per mezzo di queste ne assaltò una gran fortuna, per il che facessimo un pellegrinaggio a la Nostra Donna de la Guida, e pigliando a poppa lo temporale, dessemo in una isola alta; e innanzi [che] giungessimo ivi, se affaticassemo molto per le raffiche [che] descendevano da li sui monti e per le grandi correnti de acqua.

Li uomini de questa isola sono selvatici e bestiali; mangiano carne umana e non hanno re; vanno nudi con quella scorza come li altri; se non [che], quando vanno a combattere, portano certi pezzi de pelle de bufalo, dinanzi e di dietro e ne li fianchi, adornati con cornioli e denti di porci e con code de pelle caprine, attaccate dinanzi e de dietro: portano li capelli in alto con certi pettini di canna lunghi, che li passano da parte a parte e li tieneno alti. Hanno le sue barbe rivolte in foglie e poste in cannuti de canna, cosa ridicola al vedere, e sono li più brutti [che] siano in questa India.

Li suoi archi e le sue frezze sono de canna; e hanno certi sacchi, fatti de foglie de arbore, ne li quali portano lo suo mangiare e bere le sue femmine. Quando ne visteno ne venirono incontro con archi: ma dandoli alcuni presenti, subito diventassemo sui amici.

Quivi tardassimo quindici giorni per conciare la nostra nave ne li costati. In questa isola se trova galline, capre, cocchi, cera (per una libbra de ferro vecchio ne donarono quindici de cera) e pevere lungo e rotondo. Il pevere longo è come quelle gattelle che fanno le nizzole quando è l'inverno. Il suo arbore è come l'edera e attaccasi a li arbori come quella; ma le sue foglie sono come quelle del moraro e lo chiamano luli. Il pevere rotondo nasce come questo, ma in spighe, come lo frumentone della India, e si disgrana; e lo chiamano lada. In queste parti sono pieni li campi di questo pevere, fatti in modo de pergolati.

Pigliassemo quivi uno uomo, acciò ne conducesse ad alcuna isola, [che] avesse vittuaria. Questa isola sta de latitudine al polo Antartico in otto gradi e mezzo, e cento e sessantanove e due terzi de longitudine da la linea repartizionale: e chiamase Malua.

Ne disse il nostro piloto vecchio de Maluco, come appresso quivi era una isola, chiamata Arucheto, li uomini e femmine de la quale non sono maggiori d'un cubito e hanno le orecchie grandi come loro: de una fanno lo suo letto e de l'altra se copreno, vanno tosi e tutti nudi; corrono molto, hanno la voce sottile; abitano in cave sotto terra e mangiano pesce e una cosa che nasce tra l'albero e la scorza, che è bianca e rotonda come coriandoli de confetto, detta ambulon; ma per le gran correnti de acqua e molti bassi, non li andassemo.

Sabato, a venticinque de gennaro MCCCCCXXII, se partissemo de l'isola de Malua, e la dominica, a ventisei, arrivassemo a una grande isola, longi da quella cinque leghe, fra mezzodì e garbin. Io solo andai in terra a parlare al maggiore d'una villa, detta Amaban, acciò ne desse vittuvaglie: me rispose darebbe bufali, porci e capre; ma non ci potessimo accordare perchè voleva molte cose per un bufalo. Noi, avendone poche e costringendone la fame, ritenessimo ne la nave uno principale con uno suo figliuolo de un'altra villa, detta Balibo, e per paura [che] non lo amazzassimo, subito ne dette sei bufali, cinque capre e due porci, e per compire lo numero de dieci porci e dieci capre, ne dette uno bufalo, perchè così gli avevamo dato taglia. Poi li mandassimo in terra contentissimi con tela, panni indiani de seta e de bambaso, accette, cortelizi indiani, forbici, specchi e coltelli.

Quel signore, a cui andai a parlare, teneva solum femmine che lo servivano. Tutte vanno nude come le altre; e portano attaccate a le orecchie schione piccole de oro con fiocchi de seta pendenti, e ne li bracci hanno molte maniglie de oro e de lattone fino al cubito. Li uomini vanno come le femmine, se non [che] hanno attaccato al collo certe cose de oro, tonde come un tagliere, e pettini de canne adornati con schione de oro poste ne li capelli; e alcuni de questi portano colli de zucche secche posti ne le orecchie per schione de oro.

In questa isola se trova lo sandalo bianco, e non altrove; zenzero, bufali, porci, capre, galline, riso, fichi, canne dolci, aranci, limoni, cera, mandorle, fagioli e altre cose, e pappagalli de diversi colori. Da l'altra parte de l'isola stanno quattro fratelli, che sono li re de questa isola. Dove stavamo noi erano ville e alcuni principali de quelle. Li nomi de le quattro abitazioni de li re sono questi: Oibich, Lichsana, Suai e Cabanaza. Oibich è la maggiore: in Cabanaza, siccome ne fu detto, si trova molto oro in uno monte; e comperano tutte le sue cose con pezzetti de oro. Tutto lo sandalo e la cera, che contrattano quelli de Giava e de Malacca, contrattano da questa banda. Aqui trovammo uno giunco de Luson venuto per mercatandare sandalo.

Questi popoli sono Gentili e quando vanno a tagliare lo sandalo, come loro ne dissero, se li mostra lo demonio in varie forme e gli dice, se hanno bisogno de qualche cosa, glie la domandino; per la quale apparizione stanno infermi alquanti giorni.

Lo sandalo si taglia a un certo tempo de la luna, perchè altramente non sarebbe buono. La mercanzia, che vale quivi per lo sandalo, è panno rosso, tela, accette, ferro e chiodi. Questa isola è tutta abitata e molto lunga, da levante a ponente, e poco larga, da mezzodì a tramontana. Sta de latitudine al polo Antartico in dieci gradi, e cento e sessantaquattro gradi e mezzo di longitudine de la linea de la repartizione, e se chiama Timor. In tutte le isole [che] avemo trovato in questo arcipelago regna lo mal de San Iop e più quivi, che in altro luogo e lo chiamano for franchi, cioè mal portoghese.

Lungi una giornata di qui, tra il ponente e il maestrale, ne fu detto trovarsi un'isola, ne la quale nasce assai cannella, e se chiama Ende. El suo popolo è Gentile e non hanno re; e come sono a la medesima via molte isole, una dietro l'altra, insino a Giava Maggiore e al Capo di Malacca, li nomi de le quali sono questi: Tanabutun, Crenochile, Bimacore, Arauaran, Main, Zumbava, Lamboch, Chorum e Giava Maggiore. Questi popoli non la chiamano Giava, ma Giaoa. Le maggiori ville che sono in Giava sono queste: Magepahor (il suo re quando viveva era maggiore de tutte queste isole e chiamavase raià Pathiunus), Sunda (in questa nasce molto pevere); Daha, Dama, Gaghiamada, Minutarangan, Cipara, Sidain, Tuban, Cressi, Cirubaia e Balli. E come Giava Minore essere la isola di Madura, e stare appresso Giava Maggiore mezza lega.

Come ne dissero, quando uno uomo de li principali de Giava Maggiore muore, se brucia lo suo corpo: la sua moglie più principale adornasi con ghirlande de fiori e fassi portare da tre o quattro uomini sovra uno scanno per tutta questa villa, e ridendo e confortando li suoi parenti, che piangono, dice: non piangete, perciò [che] me ne vado questa sera a cenare col mio marito e dormire seco in questa notte. Poi è portata al fuoco, dove se brucia lo suo marito, e lei voltandosi contro li suoi parenti e confortandoli una altra fiata, se getta nel fuoco, ove brusa lo suo marito. E se questo non facesse, non saria tenuta donna da bene, nè vera moglie del marito morto.

E come li giovani de Giava, quando sono innamorati de qualche gentil donna, se legano certi sonagli con filo tra il membro e la pellicina, e vanno sotto le finestre de le sue innamorate, e facendo mostra de orinare e squassando lo membro, suonano con quelli sonagli e fin tanto che le sue innamorate odono lo suono. Subito quelle vengono giù e fanno suo volere, sempre con quelli sonaglietti, perchè loro donne si pigliano gran spasso a sentirsi sonare de dentro. Questi sonagli sono tutti coperti e più se coprono più suonano.

Il nostro piloto più vecchio ne disse come in una isola detta Ocoloro, sotto de Giava Maggiore, in quella trovasi se non femmine: e quelle impregnarse de vento, e poi quando partoriscono, se il parto è maschio, lo ammazzano; se è femmina lo allevano, e se uomini vanno a quella sua isola, loro ammazzarli purchè possano.

Anco ne dissero, che sotto Giava Maggiore, verso la tramontana, nel golfo de la Cina, la quale li antichi chiamano Signo Magno, trovarsi un arbore grandissimo nel quale abitano uccelli detti garuda, tanto grandi che portano un bufalo e uno elefante al luogo ove è l'arbore, chiamato puzathaer e lo arbore campangaghi, el suo frutto buapangaghi, el quale è maggior che una anguria.

Li Mori de Burne, [che] avevamo nelle navi, ne dissero loro averlo veduto, perchè lo suo re [ne] aveva due, mandatigli dal re del Siam; niun giunco nè altra barca da tre o quattro leghe se può approssimare al luogo de l'arbore per le grandi rivoluzioni di acqua, che sono circa questo. La prima fiata che se seppe de questo arbore fu un giunco spinto da li venti nella rivoluzione, il quale tutto se disfece; tutti li uomini se annegorono, eccetto uno tutto piccolo, il quale, essendo attaccato sopra una tavola, per miracolo fu spinto a presso questo arbore, e montato sovra lo arbore, non accorgendose, se mise sotto l'ala a uno de quelli uccelli. Lo giorno seguente, lo uccello andando in terra e avendo pigliato un bufalo, il putto venne de sotto a la ala al meglio [che] potè: per costui se seppe questo; e allora conobbero quelli popoli vicini li frutti [che] trovavano per il mare essere de questo arbore.

Il capo de Malacca sta in un grado e mezzo all'Antartico. A l'oriente de questo capo, a longo la costa, se trovano molte ville e cittade. Li nomi de alcune sono questi: Cingapola, che sta nel capo, Pahang, Calantan, Patani, Bradlun, Benam, Lagon, Cheregigaran, Tumbon, Prhan, Cui, Brabri, Bangha, India (questa è la città dove abita il re de Siam, el quale chiamasi Siri Zacabedera), Iandibun, Lanu e Langhon Pifa. Queste cittade sono edificate come le nostre e soggette al re del Siam.

In questo regno de Siam, ne le rive de li fiumi, sì come ne fu detto, abitano uccelli grandi, i quali non mangeriano de alcuno animale morto sia portato ivi, se prima non viene uno altro uccello a mangiargli il core; e poi loro lo mangiano.

Dopo Siam se trova Camogia; il suo re è detto Saret Zacabedera; e Chiempo, el suo re raià Brahaun Maitri.

In questo loco nasce lo reobarbaro e se trova in questo modo: se acaodunano venti o venticinque uomini insieme e vanno dentro ne li boschi: quando è venuta la notte, montano sovra li arbori, sì per sentire l'odore del reobarbaro, come anche per paura dei leoni, elefanti e altre fiere; e da quella parte dove è lo reobarbaro il vento li porta l'odore; poi, venuto lo giorno, vanno in quella parte, dove li è venuto il vento e lo cercano fin tanto [che] lo trovano. Lo reobarbaro è uno albero grosso putrefatto; e se non fosse così putrefatto non darebbe lo odore. Il migliore di questo arbore è la radice: niente di meno il legno è reobarbaro, el qual chiamano calama.

Poi se trova Cochi: il suo re è detto raià Scribum Pala. Dopo questo se trova la Gran China. El suo re è maggiore de tutto il mondo; e chiamasi Santoha raià, il quale tiene settanta re da corona sotto di sè, alcuni de li quali hanno dieci o quindici re de sotto sè. El suo porto è detto Guantan.

Fra le altre assaissime cittade ne ha due principali, dette Namchin e Combahu, ne le quali sta questo re. Tiene quattro suoi principali appresso lo suo palazzo, uno verso el ponente, l'altro al levante, l'altro a mezzodì e l'altro a la tramontana. Ognuno de questi dànno udienza se non a quelli che veneno da sua parte. Tutti li re e signori de la India Maggiore e Superiore obbediscono a questo re, e per segnale che siano suoi vassalli, ciascuno ha in mezzo della sua piazza uno animale scolpito in marmore, più gagliardo che il leone e chiamasi chinga. Questo chinga è lo sigillo del detto re de China, e tutti quelli che vanno a la China convieneno avere questo animale scolpito in cera in un dente de elefante, perchè altramente non potriano entrare nel suo porto.

Quando alcuno signore è inobbediente a questo re, lo fanno scorticare e seccano la pelle al sole con sale e poi la empiono de paglia o de altro; e lo fanno stare col capo basso e con le mani giunte sovra lo capo in uno luogo eminente ne la piazza, acciò allora si veda colui far zonghu, cioè reverenza.

Questo re non se lascia vedere da alcuno; e quando lui vuole vedere li sui, cavalca per il palazzo uno pavone fatto maestralmente, cosa ricchissima, accompagnato da sei donne de le sue più principali, vestite come lui, finchè entra in uno serpente chiamato nagha, ricco quanto altra cosa si possa vedere, il quale è sopra la corte maggiore del palazzo. Il re e le donne entrano subito acciò lui non sia conosciuto fra le donne; vede li suoi per uno vetro grande che è nel petto del serpente. Lui e le donne se ponno vedere, ma non si può discernere quale è lo re. Costui se marita con le sue sorelle, acciò lo sangue reale non sia mischiato con altri.

Circa lo suo palazzo sono sette cerchie de muri; e fra ogni una de queste cerchie stanno dieci mila uomini, che fanno la guardia al palazzo fin che suona una campana: poi veneno dieci mila altri per ogni cerchia, e così se mutano ogni giorno e ogni notte.

Ogni cerchia de muro ha una porta: ne la prima lì sta un uomo, con uno granfione in mano, detto satu horan con satu bagan; nella seconda un cane, detto satu hain; nella terza un uomo con una mazza ferrata, detto satu horan cum pocum becin; ne la quarta un uomo con un arco in mano, detto satu horan con anac panan; nella quinta un uomo con una lancia, detto satu horan con tumach; ne la sesta un leone, detto satu houman; nella settima due elefanti bianchi, detti due gagia pute.

In questo palazzo ci sono settantanove sale, dove stanno se non donne che servono al re, e lì sono sempre torcie accese; si tarda un giorno a cercare questo palazzo. In cima de questo ci sono quattro sale, dove vanno alcune volte li principali a parlare al re. Una è ornata di metallo, così de sotto come de sopra; una tutta d'argento; una tutta de oro e l'altra de perle e pietre preziose. Quando li suoi vassalli li portano oro o altre cose preziose per tributo, le buttano per queste sale dicendo: questo sia ad onore e gloria del nostro

Santoha raià. Tutte queste cose e molte altre di questo re ne disse uno Moro; e lui averle vedute.

La gente de la China è bianca e vestita; e mangiano sovra tavole come noi e hanno croce, ma non si sa perchè le tengono.

In questa China nasce lo muschio: il suo animale è un gatto come quello del zibetto, e non mangia altro se non un legno dolce, sottile come li diti, chiamato chamaru. Quando vòleno fare lo muschio, attaccano una sansuga al gatto e glie la lasciano attaccata in fin [che] sia ben piena de sangue; poi la struccano in uno piatto e mettono il sangue al sole per quattro o cinque giorni; poi lo bagnano con orina e il mettono altre tante fiate al sole; e così diventa muschio perfetto. Ognuno che tiene de questi animali conviene pagare uno tanto al re. Quelli pezzetti, che pareno sian grani de muschio, sono de carne de agnello pestatagli dentro: il vero muschio è se non il sangue, e se ben diventa in pezzetti, se disfa. Al muschio e al gatto chiamano castori e alla sansuga lintra.

Seguendo poi la costa de questa China, se trovano molti popoli, che sono questi: li Chienchii e stanno in isole, ne le quali nascono perle e cannella; li Lechii in terra ferma; sopra lo porto de questi traversa una montagna, per la quale se convien desarborare tutti li giunchi e navi [che] voleno intrare nel porto. Il re Moni in terra ferma: questo re ha venti re sotto di sè ed è obbediente al re della China: la sua città è detta Baranaci: quivi è il Gran Cathajo orientale.

Han, isola alta e frigida, dove se trova metallo, argento, perle e seta; il suo re chiamase raià Zotru; Mliianla; il suo re è detto rajà Chetisuqnuga; Gnio lo suo re rajà Sudacali; tutti questi tre luoghi sono frigidi e in terra ferma; Triaganba, Trianga, due isole nelle quali vengono perle, metallo, argento e seta; il suo re rajà Rrom: Bassi-Bassa, terra ferma; e poi Sumdit Pradit, due isole ricchissime de oro, li uomini de le quali portano una gran schiona de oro ne la gamba sovra il piede. Appresso quivi, ne la terra ferma, in certe montagne stanno popoli che ammazzeno li sui padre e madre quando sono vecchi, acciò non se affaticano più.

Tutti li popoli de questi luoghi sono Gentili.

Marti de notte, venendo al mercore, a undici de febbraro 1522, partendone de la isola de Timor se ingolfassemo nel mare grande, nominato Lant Chidot; e pigliando lo nostro cammino tra ponente e garbin; lasciassemo a la mano dritta a la tramontana, per paura del re de Portogallo, la isola Zamatra, anticamente detta Taprobana, Pegù, Bengala, Uriza, Chelin, ne la quale stanno li Malabari sotto il re di Narsingha; Calicut sotto lo medesimo re; Cambaia ne la quale sono li Guzerati, Cananor, Goa, Ormus e tutta l'altra costa de la India maggiore.

In questa India maggiore vi sono sei sorte de uomini: Nairi, Panichali, Iranai, Pangelini, Macuai e Polcai, Nairi sono li principali, Panichali sono li cittadini: queste due sorte de uomini conversano insieme; Iranai coglieno lo vino de la palma e li fichi; Pagelini sono li marinari; Macuai sono li pescatori; Poleai seminano e colgono lo riso. Questi abitano sempre ne li campi; mai entrano in città alcuna, e quando se li dà alcuna cosa, la se pone in terra, poi loro la pigliano. Costoro quando vanno per le strade, gridano: po! po! po!, cioè "guàrdate da me". Accadette, sì come ne fu riferito, uno Nair esser tocco per disgrazia da un Poleo, per il che el Nair subito se fece ammazzare, acciò non rimanesse con quel disonore.

E per cavalcare lo Capo de Bona Speranza stessemo sovra questo capo nove settimane con le vele ammainate per lo vento occidentale e maestrale per prora e con fortuna grandissima; il qual capo sta de latitudine in trentaquattro gradi e mezzo e mille e seicento leghe lungi dal capo di Malacca, ed è lo maggiore e più pericoloso capo [che] sia nel mondo.

Alcuni de li nostri, ammalati e sani, volevano andare a uno luogo dei Portoghesi, detto Monzambich, per la nave che faceva molta acqua, per lo freddo grande e molto più per non avere altro da mangiare, se non riso e acqua, per ciò [che] la carne [che] avevamo avuta, per non avere sale, se era putrefatta.

Ma alcuni de li altri, più desiderosi del suo onore, che de la propria vita, deliberarono, vivi o morti, volere andare in Spagna.

Finalmente, con lo aiuto de Dio, a sei di maggio passassemo questo capo, appresso lui cinque leghe. Se non l'approssimavamo tanto, mai lo potevamo passare. Poi navigassemo al maestrale due mesi continui senza pigliare refrigerio alcuno. In questo poco tempo ne morsero venti uno uomo. Quando li buttavamo in mare, li Cristiani andavano nel fondo con lo volto in suso e li Indii sempre con lo volto in giù. E se Dio non ne concedeva buon tempo, tutti morivamo de fame. Al fine, costretti dalla grande necessità, andassemo a le isole de Capo Verde.

Mercore, a nove de iulio, aggiungessemo a una de queste, detta Santo Iacopo e subito mandassemo lo battello in terra per vittuaglia, con questa invenzione de dire a li Portoghesi come ne era rotto lo trinchetto sotto la linea equinoziale, benchè fosse sopra lo Capo de Buona Speranza; e quando lo conciavamo il nostro capitano generale con le altre due navi essersi andato in Spagna. Con queste buone parole e con le nostre mercadanzie avessimo due battelli pieni de riso.

Commettessimo a li nostri del battello, quando andarono in terra, [che] domandassero che giorno era: me dissero come era a li Portoghesi giove. Se meravigliassemo molto perchè era mercore a noi; e non sapevamo come avessimo errato: per ogni giorno, io, per essere stato sempre sano, aveva scritto senza nissuna intermissione. Ma, come dappoi ne fu detto, non era errore; ma il viaggio fatto sempre per occidente e ritornato a lo stesso luogo, come fa il sole, aveva portato quel vantaggio de ore ventiquattro, come chiaro se vede. Essendo andato lo battello in terra un'altra volta per riso, furono ritenuti tredici uomini con lo battello, perchè uno de quelli, come dappoi sapessimo in Spagna, disse a li Portoghesi come lo nostro capitano era morto e altri, e che noi non andare in Spagna.

Dubitandone da esser anco noi presi per certe caravelle, subito se partissemo.

Sabato, a sei de settembre 1522, intrassemo nella baia de San Lucar, se non disdotto uomini e la maggior parte infermi. Il resto, de sessanta che partissemo da Maluco, chi morse per fame, chi fuggitte nell'isola di Timor, e chi furono ammazzati per suoi delitti.

Dal tempo che se partissemo de questa baia fin al giorno presente avevamo fatto quattordici mila e quattrocento e sessanta leghe e più, compiuto lo circolo del mondo, dal levante al ponente. Luni, a otto de settembre, buttassemo l'ancora appresso al molo de Siviglia e descaricassimo tutta l'artiglieria.

Marti, noi tutti, in camicia e discalzi, andassemo con una torcia in mano, a visitare il luogo di Santa Maria de la Victoria e de Santa Maria de l'Antiqua.

Partendomi da Siviglia, andai a Vagliadolid, ove appresentai a la sacra maestà de don Carlo, non oro nè argento, ma cose da essere assai apprezzate da un simil signore. Fra le altre cose li detti uno libro, scritto de mia mano, de tutte le cose passate de giorno in giorno nel viaggio nostro. Me ne partii de lì al meglio [che] potei; e andai in Portogallo e parlai al re don Giovanni de le cose [che] aveva vedute. Passando per la Spagna venni in Franza; e feci dono de alcune cose de l'altro emisfero a la madre del cristianissimo re don Francesco, madama la reggente. Poi me ne venni ne la Italia, ove donai per sempre me medesimo e queste mie poche fatiche a lo inclito e illustrissimo signor Filippo de Villers Lisleadam, gran maestro de Rodi dignissimo.

Il cavalier ANTONIO PIGAFETTA

94